소설가의 사랑

소설가의 사랑

김현미 엮음

루이앤휴잇

기억의 갈피 속에 넣어뒀던
아름답고 애잔한 사랑

"정희야, 나는 이제 너를 떠나는 슬픔을, 너를 잊을 수 없어 얼마든지 참으려고 한다. 하지만 정희야, 이건 언제라도 좋다. 네가 백발일 때도 좋고, 내일이라도 좋다. 만일 네 마음이 흐리고 어리석은 마음이 아니라 네 별보다도 더 또렷하고, 하늘보다도 더 높은 네 아름다운 마음이 행여 날 찾거든 혹시 그러한 날이 오거든, 너는 부디 내게로 와다오—. 나는 진정 네가 좋다. 웬일인지 모르겠다. 네 작은 입이 좋고, 목덜미가 좋고, 볼때기도 좋다."

이상은 두 살 연하의 소설가 최정희를 연모했다. 당시 최정희는 스물셋의 젊은 이혼녀로 잡지사《삼천리》를 경영하고 있던 시인 김동환과 사귀고 있었는데, 시인 백석에게도 연서(懸書, 연애편지)를 받는 등 빼어난 외모와 지성으로 당대 청년 문인들의 가슴을 설레게 했다.

편지를 건넬 당시 이상은 연작시 〈오감도〉를 발표한 직후로 문단에서 한창 이름을 알릴 때였다. 그러나 경제적 어려움을 해결하기 위해 직접 운영했던 제비다방이 경영난으로 인해 문을 닫았고, 연인이었던 금홍과도 이별하는 등 개인적으로 힘든 시기를 겪고 있었다. 그런데도 그가 다시 글을 쓸 수 있었던 것은 최정희에 대한 각별한 사랑이 있었기 때문이었다. 하지만 그것은 그만의 바람이었을 뿐. 두 사람의 사랑은 끝내 이루어지지 않았다. 최정희가 끝내 그의 마음을 받아들이지 않았기 때문이다. 결국, 이상은 편지를 쓰고 2년 뒤 스물일곱의 젊은 나이로 일본에서 쓸쓸히 숨을 거두고 만다.

사랑의 열병을 한 번쯤 앓아보지 않은 사람은 아마 없을 것이다. 누구나 사랑 때문에 설레고, 안타까워하며, 가슴 아파한다.

그것은 글쓰기를 업으로 삼는 작가들 역시 마찬가지다. 더욱이 그들은 풍부한 감성으로 인해 다른 이들에 비해 더 깊은 사랑의 열병을 앓곤 했다. 그리고 이를 섬세한 표현력으로 자신의 작품 속에 그대로 담곤 했다. 허구가 아닌 자신의 경험을 직접 이야기로 쓴 것이다. 예를 들면, 이상의 〈봉별기〉는 그가 스물세 살 때 요양차 갔던 황해도 백천온천에서 만난 스물한 살 먹은 기생 금홍이와 만나 사랑하게 된 이야기를 그리고 있으며, 〈날개〉, 〈단발〉, 〈동해〉, 〈실화〉, 〈종생기〉 역시 그가 직접 겪은 사랑 이야기를 담고 있다. 이를 통해 우리는 천재 작가 이상의 가슴 아픈 사랑은 물론 변화무쌍했던 삶을 엿볼 수 있다.

이 책은 우리 문학을 대표하는 소설가 열여섯 명의 삶을 송두리째 뒤흔든 사랑에 대한 소중한 기억과 단상을 담고 있다. 사랑의 열병을 앓게 했던 여인을 향한 이상의 분홍빛 연서부터 어린 시절 단 한 번 만났던 여인에 대한 그리움을 절절히 써 내려간 이광수의 잊을 수 없는 첫사랑, 남녀의 삼각관계에 얽힌 이야기를 이등변삼각형에 빗댄 이효석의 삼각 로맨스까지…. 기억의 갈피 속에 곱게 넣어 두었던 서른두 편의 애잔하고 아름다운 사랑 이야기가 마치 흑백영화처럼 고요하고 담담하게 펼쳐지며 일상에 무뎌진 우리의 감성을 자극한다.

그들이 들려주는 사랑의 스펙트럼은 그야말로 다양하다. 마냥 아프고 설레었던 첫사랑의 추억을 되돌아보며 그리워하는 이가 있는가 하면, 폭풍처럼 몰아친 사랑의 기쁨과 아픔을 이야기하며 눈물을 흘리는 이도 있다. 또한, 가슴 먹먹하게 했던 이별 뒤의 그리움을 절절하게 표현하는 이도 있고, 담담하게 현실을 받아들이며 다음 만남을 기약하는 이도 있다.

이렇듯 채 휘발되지 않은 그리움을 담아 절절하게 써내려간 그들의 이야기는 우리의 가슴을 설레게 하기에 충분하다. 이에 번잡한 일상에 무뎌진 우리의 가슴을 촉촉이 적셔줄 뿐만 아니라 가슴속에 오래가는 잔향을 남겨 진정한사랑의 의미를 깨닫게 한다.

〈추천시〉

어젯날이 채 가지도 않아

또 새로운 날이 부챗살을 피며

날아 오-로-라

언덕에는 꽃이 가득 피고

새들은 수없이 가지에서 노래한다.

-박용철, 〈연애〉

| 차 례 |

Part 2 우리의 아름다운 운명을 축복하며

원저자 소개

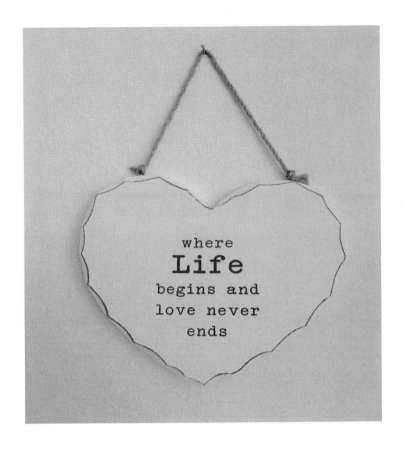

사랑의 열병을 앓게 했던 여인을 향한 이상의 분홍빛 연서부터 어린 시절 단 한 번 만났던 여인에 대한 그리움을 절절히 써 내려간 이광수의 첫사랑, 남녀의 삼각 관계에 얽힌 이야기를 이등변삼각형에 빗댄 이효석의 로맨스까지···. 저마다 기억 의 갈피 속에 곱게 접어 넣어뒀던 아름답고 애잔한 사랑 이야기를 들려준다.

나는 이제 너를 떠나는 슬픔을, 너를 잊을 수 없어 얼마든지 참으려고 한다. 하지만 언제라도

좋다. 네가 백발일 때도 좋고, 내일이라도 좋다. 만일 네 마음이 흐리고 어리석은 마음이 아니

라 네 별보다도 더 또렷하고, 하늘보다도 더 높은 네 아름다운 마음이 행여 날 찾거든 혹시 그

러한 날이 오거든, 너는 부디 내게로 와다오ー. 나는 진정 네가 좋다. 웬일인지 모르겠다.

_이 상, 〈정희에게〉 중에서

Part 1

나는 진정 네가 좋다,
웬일인지 모르겠다

정희에게

_이 상

지금 편지를 받았으나 어쩐지 당신이 내게 준 글이라고는 잘 믿어지지 않는 것이 슬픕니다. 당신이 내게 이러한 것을 경험케 하기 벌써 두 번째입니다. 그 한번이 내가 시골에 있던 때입니다.

이런 말을 하면 웃을지 모르나, 그간 당신은 내게 커다란 고독과 참을 수 없는 쓸쓸함을 준 사람입니다. 나는 다시금 잘 알 수가 없어지고, 이제 당신이 이상하게 미워지려고까지 합니다.

혹 내가 당신 앞에서 지나친 신경질을 부렸는지는 모르나, 아무튼 점점 당신이 멀어지고 있다는 것을 어느 날 나는 확실히 알았고…… 그래서 나는 돌아오는 걸음이 말할 수 없이 허전하고 외로웠습니다. 그야말로 모연한 시윗길을 혼자 걸으면서 나는 별 이유도, 까닭도 없이 자꾸 눈물이 쏟아지려고 해서 죽을 뻔했습니다.

집에 오는 길로 나는 당신에게 긴 편지를 썼습니다. 물론 어린애 같은 당신이 보면 웃을 편지입니다.

정희야, 나는 네 앞에서 결코 현명한 벗은 못되었었다. 그러나 우리는 즐거웠었다. 내 이제 너와 더불어 즐거웠던 순간을 무덤 속에 가도 잊을 순 없다. 하지만 너는 나처럼 어리석진 않았다. 물론 이러한 너를 나는 나무라지도, 미워하지도 않는다. 오히려 이제 네가 따르려는 것 앞에서 네가 복되고, 거울처럼 밝기를 빌지도 모른다.

정희야, 나는 이제 너를 떠나는 슬픔을, 너를 잊을 수 없어 얼마든지 참으려고 한다. 하지만 정희야, 이건 언제라도 좋다. 네가 백발일 때도 좋고, 내일이라도 좋다. 만일 네 '마음'이 흐리고 어리석은 마음이 아니라 네 별보다도 더 또렷하고, 하늘보다도 더 높은 네 아름다운 마음이 행여 날 찾거든 혹시 그러한 날이 오거든, 너는 부디 내게로 와다오—.

나는 진정 네가 좋다. 웬일인지 모르겠다. 네 작은 입이 좋고, 목덜미가 좋고, 볼때기도 좋다. 나는 이후 남은 세월을 정희 너를 위해, 네가 다시 오기 위해 저 야공(夜空, 저녁 하늘)의 별을 바라보듯 잠잠히 살아가련다.

하는 어리석은 수작이었으나, 나는 이것을 당신께 보내지 않았습니다. 당신 앞에는 나보다도 기가 차게 현명한 벗이 허다히 있을 줄을 알기 때문입니다. 그래서 단지, 나도 당신처럼 약아 보려고 했을 뿐입니다.

그러나 내 고향은 역시 어리석었던지, 내가 글을 쓰겠다면 무척 좋아하던 당신이—우리 함께 글을 쓰고, 서로 즐기고, 언제까지나 떠나지 말자고, 어린애처럼 속삭이던 기억이 내 마음을 오래도록 언짢게 하는 것을 어찌할 수가 없었습니다. 정말 나는 당신을 위해—아니, 당신이 글을 쓰면 좋겠다고 해서 쓰기로 한 셈이니까요—.

당신이 날 만나고 싶다고 했으니 만나드리겠습니다. 그러나 이제 내 맘도 무한히 흩어져 당신이 있는 곳에는 잘 가지지 않습니다.

금년 마지막 날 오후 다섯 시에 후루사토(故鄕, 고향)라는 집에서 만나기로 합시다.

회답 주시기 바랍니다.

—이상

—1935년

▬▬▬▬▬▬▬

* 이상은 두 살 연하의 소설가 최정희를 연모했다. 당시 최정희는 스물셋의 젊은 이혼녀로 잡지사《삼천리》를 경영하고 있던 시인 파인(巴人) 김동환과 사귀고 있었는데, 시인 백석에게도 러브레터를 받는 등 빼어난 외모와 지성으로 당대 청년 문인들의 가슴을 설레게 했다.

편지를 건넬 당시 이상은 연작시 〈오감도〉를 발표한 직후로 문단에서 한창 이름을 알릴 때였다. 그러나 경제적 어려움을 해결하기 위해 직접 운영했던 제비다방이 경영난으로 인해 문을 닫았고, 연인 금홍과도 이별하는 등 개인적으로 힘든 시기를 겪고 있었다. 그런데도 그가 다시 글을 쓸 수 있었던 것은 최정희에 대한 각별한 사랑이 있었기 때문이다. 하지만 그것은 이상만의 바람이었을 뿐. 그와 최정희의 사랑은 끝내 이루어지지 않았다. 최정희가 이상의 마음을 받아들이지 않았기 때문이다. 결국, 이상은 이 편지를 쓰고 2년 뒤 스물일곱의 젊은 나이에 일본에서 쓸쓸히 숨을 거둔다.

동생 옥희 보아라

＿이 상

＿세상 오빠들도 보시오

팔월 초하룻날 밤차로 너와 네 애인은 떠나는 것처럼 나한테 그래 놓고, 기실 이튿날 아침 차로 가버렸다. 내가 아무리 이 사회에서, 또 우리 가정에서 어른 노릇을 못하는 변변치 못한 인간이기로서니 그래도 너희들보다야 어른이다.

"우리 둘이 떨어지기 어렵소이다."

하고, 내게 그야말로 강담판(强談判, 강하게 옳고 그름을 판단함)을 했다면, 난들 또 어쩌랴. 암만 "못한다"고 딱 거절했던 일이라도 어머니나 아버지 몰래 너희 둘을 안동(眼同, 사람을 데리고 함께 가거나 물건을 지니고 감)시켜서 쾌히 전송(餞送, 서운하여 잔치를 베풀고 보낸다는 뜻으로, 예를 갖추어 떠나보냄을 이르는 말)할 만큼 내 딴에는 이해도, 아량도 있다. 그런데 나까지 속였다는 데서, 네 장래의 행복 이외는 아무것도 생각하지 않은 네 큰오빠로서 꽤 서운히 생각한다.

예정대로 K가 팔월 초하루 밤 북행차로 떠난다고, 그것을 일러주려 초하룻날 아침, 너와 K 둘이서 나를 찾아왔다. 요전 날 너희 둘이 의논차 내게 왔을 때 말한 바와 같이 K만 떠나고, 옥희 너는 나와 함께 K를 전송하기로 했다. 또 일의 순서상 그렇게 하는 것이 옳지 않았더냐?

그것을 너는 어찌 그렇게 천연스러운 얼굴로,

"그럼, 오빠! 이따가 정거장에 나오세요."

"암! 나가고말고. 이따 거기서 만나자꾸나."

하고 헤어질 수 있느냐?

그게 사실은 내가 너희들을 전송한 모양이 되었고, 또 너희 둘로서 말하면 너희들끼리는 미리 그렇게 짜고 내게 작별을 한 모양이 되었다.

나는 고지식하게도 밤에 차 시간에 맞춰 비가 오는데도 정거장까지 나갔겠다. 하지만 속으로 미리미리 꺼림칙이 여겨 오기를,

'요것들이 필시 내 앞에서 뻔지르르하게 대답해놓고 뒤꽁무니로는 딴 궁리를 차렸지!'

했더니, 아니나 다를까 개찰도 아직 안 했는데, 어째 너희 둘이 보이지 않더라. '이것 필시!' 하면서도 끝까지 기다려 봤지만, 끝까지 너희 둘은 보이지 않고 말았다.

나는 그냥 입맛을 쩍쩍 다시고 집으로 돌아왔다. 그리고는 '아마 K의 양복 세탁이 어쩌고저쩌고하더니, 그래서 차 시간을 못 댄 게지. 좌우간

에 곧 무슨 통지가 있으렷다.'라고 생각하며 기다렸다.

못 갔으면 이튿날 아침에 반드시 내게 무슨 통지고 통지가 있어야 할 터인데, 역시 잠잠했다. 허허, 하고 나는 주춤주춤하다가 동경서 온 친구들과 그만 석양(夕陽, 해 질 무렵) 때부터 밤새도록 술을 마시고 말았다.

물론 옥희, 네 얼굴 대신에 한 통의 전보가 왔다.

'옥희와 함께 왔으니 근심하지 말라.'는 K의 독백이더구나.

나는 전보를 받아들고 차라리 회심의 미소를 금할 수 없었다. 너희들의 그런 이도(利刀, 날이 날카롭고 썩 잘 드는 칼)가 물을 베는 듯한 용단을 쾌히(유쾌하게) 여긴다.

옥희야! 내게만은 아무런 불안한 생각도 하지 마라! 다만, 청천벽력처럼 너를 잃어버리신 어머니 아버지께는 마음으로 '잘못했습니다! 라고 사죄하여라.

나 역시 집을 나가야겠다. 열두 해 전, 중학을 졸업하던 열여섯 살 때부터 오늘까지 이 허망한 욕심은 변함이 없다.

작은 오빠는 어디로 갔는지 또 들어오지 않는다.

너는 국경을 넘어 지금은 이역(異域, 외국의 땅)의 인(人)이다.

우리 삼남매는 모조리 어버이 공경할 줄 모르는 불효자식들이다. 그러나 우리는 이것을 그르다고 생각하지 않는다.

갔다 와야 한다. 비록 갔다가 못 돌아오는 한이 있더라도 가야 한다.

너는 너 자신을 위해서도 또 네 애인을 위해서도 옳은 일을 하였다. 열두 해를 두고 벼렸건만, 남의 맏자식 된 은애(恩愛, 부모와 자식 간의 애정)의 정에 이끌려선지, 내 위인이 변변치 못해서인지, 지금껏 이 땅에 머물러 굴욕의 조석(朝夕)을 송영(送迎, 가는 사람을 보내고 오는 사람을 맞음)하는 내가 차라리 부끄럽기 짝이 없다.

너희들의 연애는 물론 내게만은 양해된 바 있었다. K가 그 인물에 비겨서 지금 불우의 신상이라는 것도 나는 잘 알고 있다.

다행히 K는 밥걱정은 안 해도 좋은 집안에서 태어났다. 그렇다고 밥이나 먹고 지내면 그만이지 하는 인간은 아니더라.

K가 내게 말한바, K의 이상(理想)이라는 것을 나는 비판하지 않는다. 그것도 인생의 한 방도리라. 다만, 그것이 어디까지나 굴욕에서 벗어나려는 일념이니, 그렇다는 이유만으로도 나는 인정해야 하리라.

나는 차라리 그가 나처럼 남의 맏자식임에도 불구하고 집을 사뭇 떠나겠다는 술회(述懷, 마음속에 품고 있는 여러 가지 생각)에 찬성했느니라.

허허벌판에 쓰러져 까마귀밥이 될지언정 이상에 살고 싶구나. 그래서 K의 말대로 삼 년만 가 있다가 오라고 권하다시피 한 것이다.

하지만 삼 년, 삼 년이라는 세월은 이상의 두 사람으로서는 좀 긴 것 같은 생각이 들더라. 그래서 옥희, 너는 어떻게 하고 가야 하나 하는 문제가 나왔을 때 나는ㅡ.

너희 두 사람의 교제도 일 년이나 가까워져 오니 그만하면 충분히 서로를 알았으리라. 그놈이 재상 재목이면 뭐하겠느냐? 네 눈에 안 들면 쓸 곳이 없느니라. 그러니 내가 어쭙잖게 주둥이를 디밀어 이러쿵저러쿵할 계제(階梯, 어떤 일을 할 수 있게 된 형편이나 기회)가 못 되지만ㅡ.

나는 나 유(流)로 그저 이러는 것이 어떻겠냐는 정도로, 또 그래도 네 혈족의 한 사람으로서 잠자코만 있을 수도 없고 해서—.

삼년은 너무 기니, 우선 삼년 작정하고 가서 한 일 년 있자면 웬만큼 생활의 터는 잡히리라. 그러거든 돌아와서 간단히 결혼식을 하고 데려가는 것이 어떠냐. 지금 이대로 결혼식을 해도 좋기는 하겠지만, 그것은 어째 결혼식을 위한 결혼식인 것 같다. 결혼식 같은 것은 나야 그저 우습게 알았다. 하지만 어머니 아버지도 계시고, 사람들의 눈도 있고 하니, 그저 그까짓 일로 남의 조소를 받을 것도 없는 일이오—.

이만큼 하고 나서 나는 K와 너에게 번갈아가며 또 의사를 물었다.

K는 내 말대로 그렇게 하겠단다. 내년 봄에는 꼭 돌아와서 남 보기 흉하지 않은 정도로 결혼식을 한 다음 데려가겠다는 것이다. 그러나 네 말은 이와 달랐다. 즉, 결혼식 같은 것은 언제 해도 좋으니 같이 나서겠다는 것이다. 살아도 같이 살고, 죽어도 같이 죽고 해야지, 타역(他域 타향)에 가서 어떻게 될지도 모르는 것을 그냥 입을 딱 벌리고, 돌아와서 데려가기만을 기다릴 수는 없단다. 더욱이 남자의 마음을 믿기도 어렵고. 우물 안 개구리처럼 자란 자신이 고생 한번 해 보는 것도 좋지 않으냐는 네 결의였다.

아직은 이 사회가 남자 기준이다. 즐거울 때 같이 즐기기에 여자는 좋다. 그러나 고생살이에 여자는 자칫하면 남자를 결박하는 포승 노릇을 하기 쉬우니라. 그래서 어느 정도 자리가 잡힐 때까지 K 혼자 내버려 두라고 거듭 충고할 수밖에 없었다. 그랬더니 너도 그제야 OK의 빛을 보이고 할 수 없이 승낙하였다. 그리고 나는 네가 보는 데서 K에게 굳게굳게 여러 가지 다짐을 받아 두었건만…….

이제 와서 알았다. 너희 두 사람의 애정에 내 충고가 끼어들 백지 두께의 틈바구니도 없었다는 것을 말이다.

내가 조숙한 데 비해, 너는 삼남매의 막내둥이로 응석으로 자라느라고, 말하자면 '만숙(晩熟, 늦됨)'이었다. 학교 다닐 때 선생님께 이끌려 인천이나 개성을 가본 것 이외에 너는 집 밖으로 십 리를 모른다. 그런 네가 지금 국경을 넘어서 가 있다고 생각하면 정신이 번쩍 난다. 어린애로만 생각하던 네가 어느 틈에 그런 엄청난 어른이 되었누.

부모들도 제 딸들을 옛날 당신네들이 자라나던 시절 대하듯 했다가는 엉뚱하게 혼이 날 시대가 왔다. 오빠들 역시 어림없이 동생을 허명무실하게 취급했다가는 코 뗄 시대다. 나는 그렇게 느꼈다.

나는 망치로 골통을 얻어맞은 것처럼 어쩔어쩔한 가운데서도 네가 집을 나가지 않으면 안 된 이유를 생각해본다.

첫째, 너는 네 애인의 전부를 독점해야겠다는 생각이겠으니, 이것이야말로 인력으로 좌우되는 일도 아니고, 어쩔 수도 없는 일이다.

둘째, 부모님이 너희들의 연애를 쾌히 인정하려 들지 않은 까닭이다. 제 자식들의 연애가 정당했을 때 부모는 그 연애를 인정해주어야 할 뿐 아니라 그 연애를 좋게 지도할 의무가 있을 터인데……. 불행히 우리 어머니 아버지는 늙으셔서 그러실 줄을 모르신다. 또 네게는 이런 부모를 설복(說伏, 알아듣도록 말하여 수긍하게 함)할 마음의 여유가 없었다. 그냥 행동으로 보여주는 밖에.

셋째, 너는 확실치 못하나마 생활이라는 인식을 갖고 있다. '여자에게도 직업이 있어서 경제적으로 언제든지 독립할 수 있는 실력이 있어야만한다.'는 것이 부모님 마음에는 들지 않았을 것이다. '돈 버는 것도 좋지만, 계집애 몸 망치기 쉬우니라.'는 것이 부모님의 말씀이시다.

너 혼자 힘으로는 아무래서 여기서 취직이 안 되니, 경도(京都, 일본 교토)에서 여공 노릇을 하는 동무에게 편지를 히여 거기로 가서 같이 여공이 되려고 한 일이 있었지.

그냥 살자니 우리 집은 네 양말 한 켤레 마음대로 사줄 수 없을 만큼 가난하다. 이것은 네 큰오빠인 내가 네게 다시없이 부끄러운 일이다만…… 그러나 네가 한 번도 나를 원망한 일이 없음을 나는 고맙게 생각한다.

그런 너다. K의 포승이 되기는커녕 족히 너는 너대로 활동하면서 K를 도우리라고 나는 믿는다.

이왕 나갔으니, 집의 일에 연연하지 말고, 너희들의 부끄럽지 않은 성공을 향해 전심을 써라. 삼 년 아니라 십 년이라도 좋다. 그러나 패잔(실패) 했거든 그 벌판에서 개밥이 되더라도 다시는 고토(故土, 고향 땅)를 밟을 생각은 하지 마라.

나도 한번은 나가야겠다. 이 흙을 굳게 지켜야 할 것도 잘 안다. 그러나 지켜야 할 직책과 나가야 할 직책은 스스로 다를 줄 안다.

네가 나갔고, 작은 오빠도 나가고, 또 내가 나가 버린다면 늙으신 부모는 누가 지키느냐고? 염려 마라. 그것은 맏이인 내 일이니 내가 어떻게라도 하마. 해서 안 되면…… 혁혁한 장래를 위해 불행한 과거가 희생되었달 뿐이겠다.

너희들이 국경을 넘던 밤, 나는 주석(酒席, 술자리)에서 올림픽 보도를 듣고 있었다. 우리는 이대로 썩어서는 안 된다. 당당히 그들과 열(列, 나란히 함)하여 똑똑하게 살아야 하지 않겠느냐? 정신 차려라!

신당리 버터고개 밑 오동나뭇골 빈민굴에는 송장이 다 된 할머님과 자유롭게 기동조차 못 하는 아버지, 오십 평생을 고생으로 늙어 쭈그러진 어머니가 계신다.

네 전보를 보고 그분들은 우시었다.

너는 날이면 날마다 그 먼 길을 문(門) 안으로 내게 왔다. 와서 그날의 양식거리를 타갔다. 하지만 이제 누가 다니겠니?

어머니는 "내가 말(馬)을 잊어버렸구나. 이거 허전해서 어디 살겠니." 라고 하시더라.

그날부터 내가 다 떨어진 구두를 찍찍 끌고 말 노릇을 하는 중이다. 이런 것 저런 것을 비판 못 하시는 부모는 그저 별안간 네가 없어졌대서 눈물이 비 오듯 하시더라. 그것을 내가 "아, 왜들 이리 야단이십니까? 아, 죽어 나갔단 말입니까?"

이렇게 큰소리를 해가면서 겨우 무마시켰다. 그러나 나 역시 한 삼 년은 너를 볼 수 없겠다고 생각하니 갑자기 네가 그리웠다. 형제의 우애는 떨어져 봐야 아는 것인가 보다.

한 삼년 나도 공부하마. 그래서 이 노멀(Nomal)하지 못한 생활의 굴욕에서 탈출해야겠다. 그때 서로 활발한 낯으로 만나자꾸나.

너도 아무쪼록 성공해서 하루라도 속히 고향으로 돌아오너라.

그야 너는 여자니까 아무 때 나가도 우리 집안에서 나가기는 해야 할 사람이지만, 일이 너무 그렇게 급하게 되어서 어머니 아버지께서 놀라셨다뿐이지, 나야 어떻겠니.

하여간 이번 너의 일 때문에 내가 깨달은 바가 많다. 나도 정신 차리마.

원체 네가 포류지질(蒲柳之質, 갯버들 같은 체질이라는 뜻으로, 갯버들의 나뭇잎이 가을이 되자마자 떨어지는 데서, 사람의 체질이 허약하거나 나이보다 일찍 노쇠함을 비유적으로 이르는 말)인 까닭에 대륙의 혹독한 기후에 족히 견뎌 낼지 근심스럽구나. 항상 몸조심하는 걸 잊어서는 안 된다. 우리 같은 가난한 계급은 이 몸뚱이 하나가 유일 최종의 자산이니라.

편지하여라.

이해 없는 세상에서 나만은 언제라도 네 편인 것을 잊지 마라. 세상은 넓다. 너를 놀라게 할 일도 많겠거니와 또 배울 것도 많으리라.

이 글이 실리거든 《중앙》 한 권 사서 보내 주마. K와 같이 읽고 이 큰오빠 이야기를 더 잘하여두어라.

축복한다.

내가 화가를 꿈꾸던 시절 하루 오 전 받고 모델 노릇 하여준 옥희, 방탕불효한 이 큰오빠의 단 한 명밖에 없는 이해자인 옥희, 어느덧 어른이 되어서 그 애인과 함께 만리 이역 사람이 된 옥희, 네 장래를 축복한다.

이틀이나 걸려서 이 글을 썼다. 두서 잡기 어려울 줄 알지만, 너 같은 동생을 가진 세상의 여러 오빠에게도 이 글을 읽히고 싶은 마음에 감히 발표한다. 내 충정만을 사다오.

—닷샛날 아침,

너를 사랑하는 큰오빠 쓴다.

* 1936년 8월 1일 밤, 이상은 경성역에서 여동생 옥희를 기다리다 바람을 맞고 씁쓸하게 귀가해야만 했다. 예정대로 라면 그날 밤 그는 여동생과 애인이 만주로 떠나는 것을 배웅하기로 되어 있었다. 하지만 여동생과 그 애인은 이상을 속인 채 야반도주를 감행하고 만다.

알다시피, 이상의 본명은 김해경으로 2남 1녀의 장남으로 태어났다. 하지만 무려 23년 동안 가족과 떨어져 살아야만 했다. 어린 시절 큰아버지 김연필의 양자로 들어가 스물네 살 때까지 그곳에서 살았기 때문이다. 옥희는 그의 막냇누이로, 이 글은 애인과 야반도주 한 누이동생이 걱정되어 신문에 기고한 것이다. 애인과 만주로 떠나버린 여동생을 걱정하는 오빠의 지극한 사랑이 편지 속에 고스란히 묻어난다.

이해 없는 세상에서 나만은 언제라도 네 편인 것을 잊지 마라.

사랑하는 나의 정숙이에게

__ **박인환**

오늘 밤, 나는 당신에게 또다시 붓을 들었습니다.

사실 오늘처럼 우울했던 날도 없었습니다. 당신을 대구에 두고, 나 혼자 부산 거리(당신도 이 거리를 나와 함께 걸은 일이 있겠지만)를 헤매는 것이 무척 슬펐습니다.

나는 행운을 지닌 사람인데도 어째서 이다지도 쓸쓸한 것일까요? 혼자 와서 우울한 게 어디 있냐며 아무리 자문자답 해봐도 마음이 영 풀리지 않았습니다. 당신과 떨어져 있는 것이 한없이 서러울 뿐입니다.

당신이 있는 곳에서 나는 살고 죽어야 합니다. 당신이 지금 내 옆에 없으니 울고 싶고 죽을 것만 같습니다.

방이 뭐냐? 돈이 뭐야?

나는 당신이 있는 곳이 한없이 그리울 뿐입니다.

당신은 그런 나를 욕하십시오, 미워하십시오. 당신이 할 수 있는 모든 언어를 통해 나를 꾸짖어주십시오. 나는 그것을 기꺼이 반갑게 받아들이겠습니다.

당신이 내 곁에서 떨어진 것이 아니라, 내가 당신 옆에서 떠난 것만 같습니다. 하지만 여전히 당신의 품 안에서 울고 있는 것만 같습니다. 도대체 사는 것이 뭐기에. 나만 혼자서 이렇게 바닷바람을 마시고 있는지.

아! 용서하시오. 나는 너무도 무기력한 사람이 되고 말았습니다. 용기는 옛날에 모두 팔아버렸지요. 울고 웃으며, 나는 이렇게 허무하게 세상을 살고 싶지 않습니다. 지금 죽어도 좋으니, 웃음의 친구도, 울음의 친구도 되고 싶지 않습니다. 오직 우울할 뿐입니다.

절망입니다. 처자를 시골에 내던지고 죄인처럼 썩은 바다의 도시를 헤매고 있습니다. 아, 불행한 것이 나 혼자만은 아니겠지요?

사랑하는 나의 정숙!

나는 지금 당신의 무릎을 껴안고 온 힘을 다해 당신의 목을 끌어안고 싶습니다. 당신 없이는 죽을 수도 없습니다.

술 한 잔 먹지 않고 멀쩡한 정신으로 지금 미친놈처럼 나의, 나 혼자만의 독백을 붓이 움직이는 대로 솔직하게 쓰고 있습니다.

당신과 함께 영원히 지낼 수 있도록 하나님에게 기도합니다. 우리 가족이 함께 모여 살 수 있도록 나의 모든 정열에 바라고 있습니다.

사랑합니다, 사랑합니다.

돈이 없어 죽겠습니다. 하지만 사랑은 돈이 아닙니다. 이것은 나의 무한한 유일의 재산이며, 영원한 당신의 것입니다.

안녕히 주무십시오. 14일 아침 대구에 떨어집니다.

—박인환, 12일 밤

—1982년 추모 문집 《세월이 가면》

* '목마와 숙녀', '세월이 가면'의 시인 박인환. 1945년 말 평양의전을 중퇴한 그는 아버지와 이모에게 5만 원을 빌려 종로에 〈마리서사〉라는 서점을 열었다. 그가 좋아하는 프랑스 출신 화가이자 시인인 '마리 로랑생'과 책방을 뜻하는 '서사(書舍)'를 합친 말이었다. 하지만 〈마리서사〉는 책을 팔기보다는 문인들의 사랑방 역할을 하였다. 더욱이 이곳에서 그는 평생의 연인 이정숙을 만나게 된다. 1948년 진명여고 졸업 후 여성잡지사 기자로 활동하고 있던 이정숙을 만나 결혼하게 된 것이다.

그의 아내와 가족에 대한 사랑은 너무도 애틋한 것으로 유명하다. 이에 가족과 떨어져 있는 동안 수많은 편지로 서로의 마음과 안부를 전하곤 했는데, 1955년 배를 타고 미국에 다녀올 때는 거의 매일 아내와 아이들에게 편지를 썼다고 한다. 하지만 편지에는 꼭 존칭을 사용했다. 그의 첫 시집이자 마지막 시집이 된 《박인환 선시집》에 '이 시집을 아내 이정숙에게 보낸다'고 헌사(獻詞)를 부쳤을 정도로 부부 사이에 사랑이 넘쳤다.

사랑하는 아내에게

그날 무사히 도착하였습니다. 그리고 지금까지 아무 변동 없이 지내고 있습니다.

…… (중략) ……

세화가 아프다니 걱정입니다. 우선, 음식 조심시켜야 합니다. 당신의 책임은 어린애들을 잘 기르는 것입니다.

아프다는 세화가 불쌍합니다. 그 귀여운 얼굴로 몸이 아파서 찡얼거리며 '아빠, 아빠'하고 나를 부르고 있을 것이니 더욱 귀엽고, 애절합니다.

세화가 빨리 건강해지도록 오늘 저녁 자기 전에 하나님에게 기도 올리겠습니다. 세화에게 전해주시오.

세화야, 아빠는 네가 보고 싶다. 참으로 귀여운 세화야, 아빠는 네 곁에 있어야 할 것인데, 가족이 무엇인지 나보다도 우리 가족을 위해 지금 너와 떨어져 있단다.

세화야, 세형이 오빠하고 즐겁게 놀도록. 그리고 빨리 회복해라. 할머니가 너무 먹을 것을 많이 주더라도 먹지 말고 몸조심해라.

아빠는 네가 몹시 아프다는 말을 듣고 손에 아무 맥이 없다. 그리고 눈물이 난단다.

내 사랑하는 딸 세화야, 빨리 나아라. 그리고 어머니 걱정시키지 마라. 세형이 오빠하고 잘 놀아라. 아빠가 빨리 집에 갈 것이니, 우리 다 함께 즐겁게 만나자.

세화 생각을 하니 또한 세형이 모습이 오고 갑니다. 그놈은 요즘 무엇을 하고 있습니까? 길가에 나가지 못하게 하시고, 직접 전해주시오.

세형, 길가에 나가지 말고 집에서 엄마하고 있어라, 응.

─1982년 추모 문집 《세월이 가면》

* 경향신문 기자로 활동하던 부산 피난 시절 쓴 편지로 아내와 아이들을 걱정하고 사랑하는 시인의 마음이 고스란히 묻어나는 글이다. 기자와 시인이기에 앞서 한 가정의 아버지이자 남편으로서 가족과 함께하지 못하는 마음이 숨김없이 전해진다.

아내 허영숙에게

_이광수

제8호

3월 17일 밤

이렇게 혼자 건넛방에 앉아서 당신께 편지를 쓰는 것이 나의 유일한 행복이외다.

오늘 11일에 부친 편지를 받았소. 이레 만에 왔습니다.

건강이 회복되지 못하여 병원에 못 간다니 심히 염려되며, 내가 첫 편지를 5일에 부쳤는데 그것이 11일까지 아니 갔다고 하면, 필시 중간에 무슨 잡간(검열?)이 있는 모양이외다. 제8호까지 누락 없이 다 받았노라고 자세히 회답하시오. 건강이 근심되어서 곧 전보를 놓으려고 하였으나 그러면 놀란다고 어머님이 말리셔서 못 놓았소. 이곳에 있는 사람들은 다 잘 지내니 안심하고 즐겁게 공부하시오.

오늘 140원 부친 것 받았을 줄 믿소. 그리고 기뻐하셨기를 바라오. 그 걸로 양복 지어 입고 40원으로는 3월 학비 하시오.

나는 학교에서 참고서를 많이 사줘서 그것만으로도 몇 달 공부 거리는 될 것 같소.

모레부터는 아주 집을 헐어 역사(役事, 토목, 건축 따위의 공사)를 시작할 터이니, 약 40일간은 공부할 기회도 없을 것 같소. 그러니 내 책 걱정은 조금도 하지 말고, 애도 쓰지 말고, 아주 마음 터놓고(편하게) 지내시오.

5삭(朔, 월)부터 매달 학비를 60원 보내리다. 그리고 여름 양복값도 보낼 테니 얼마나 들지 회답해주시오. 공부하는 중이니 저금은 하지 않아도 좋소. 학비가 곧 저금이오. 여름에는 렌코트(레인코트) 같은 것이 있어야 할 터이니 모두 값을 적어 보내시오.

내 매달 수입은 분명히(정확히) 알 수는 없으나 학교에서 80원 또는 100원, 《개벽》에서 30원 또는 50원, 《신생활》에서 40원, 만일 《동명》이 나오면(확실히 나온다오) 거기서 80원 또는 100원은 될 것 같소. 가장 적게 잡더라도 150원은 될 것 같으니, 당신 학비와 내 책값, 담배값은 군색하지 않을 듯하오. 그러니 아무 걱정하지 말고, 안심하고 공부하길 바라오.

봄에는 금강산에 갈 수 없으니 아마 6월 그믐께나 가게 될 듯하오. 당신은 7월에나 돌아올 터이니……

《개벽》 3월호는 부쳤소. 3월호가 재판(再版, 이미 간행된 책을 다시 출판함)에 들어갔는데, 내 글이 호평이라고 하니 기뻐하시오!

《신생활》은 성태 군이 직접 부친다고 하오. 내 글을 떼어 모으는 직분을 게을리 마시오. 바요링(바이올린) 책과 모포는 곧 보내리다.

—남편

—1920년

* 춘원 이광수는 일본 유학 시절《무정》을 집필하면서 심한 폐병을 앓는다. 그대 그의 목숨을 구한 이가 바로 허영숙이었다. 이를 계기로 춘원은 그녀에게 열렬한 구애를 펼치는데, 무려 1천여 통이 넘는 편지를 그녀에게 보내며 마음을 전했다고 한다. 그만큼 그녀에게 흠뻑 빠진 것이다. 문제는 그에게는 이미 부인이 있었다는 것이다. 그러니 누가 보더라도 잘못된 만남임이 분명했다. 결국, 그는 오랜 고민 끝에 부인과 이혼을 결심한다. 그리고 몇 년 후 허영숙과 정식으로 결혼하기에 이른다.

허영숙은 공립 경성여고보(지금의 경기여고)를 거쳐 도쿄 여자 의학 전문학교를 나온 당대 최고의 엘리트 지식인으로, 국내 의사 면허를 받은 첫 번째 여성이자, 국내 산부인과 제1호 개업의이기도 했다.

사랑하는 안해에게

__김동인

남편을 옥중(獄中, 감옥의 안)으로 보내고, 애아(愛兒, 사랑하는 어린 자식)를 저승으로 보낸 당신의 설움을 무엇으로 위로하리오. 참고 견딜 수밖에.

이 편지를 받고 곧 면회를 와주시오.

지난번에는 당신이 너무 울었기 때문에 긴(緊, 꼭 필요함)한 부탁 하나도 하지 못했소. 원칙적으로는 면회가 한 달에 한번이지만 긴한 사정이 있으면 또 할 수 있소.

이곳으로 보내는 당신의 편지가 검열(檢閱, 언론 · 출판 · 보도 · 연극 · 영화 · 우편물 따위의 내용을 사전에 심사하여 그 발표를 통제하는 일)하기에 너무 길다고 주의시키니, 앞으로는 좀 더 짧게 쓰도록 하오.

아무쪼록 스스로 애써 위로하도록 하오.

나는 건강하오. 단, 체중이 16관 800(60.8kg)이던 것이 꼭 16관(60kg)으로 내렸소.

—남편 씀

시내 행촌동 210-96

김경애 전

현저동 101 동인

—1942년

* 천황 불경죄라는 죄목으로 6개월 동안 수감되었을 당시 아이의 죽음
을 애통해하고, 아내의 건강을 걱정하는 내용이 고스란히 담긴 편지로 '아
내'를 집안을 비추는 해와 같다고 하여 '안해'라고 표기한 것이 눈에 띈다.

사랑을 고백하며

__노자영

실례인 줄 알면서도 이 글을 씁니다. 용서하십시오. 가슴에 가득한 애 틋한 이 마음을 말로는 도저히 표현할 수 없기에 펜을 들었습니다. 나는 세상에서 가장 큰 슬픔이라고 하고 싶습니다.

나는 진정입니다. 당신을 생각하며 한없이 울었어요. 그런데 당신은 내 이름은 고사하고, 나라는 존재까지도 아는지 모르는지.

이런 생각을 하면 가슴이 답답합니다. 그래서 생각다 못해 이 글을 씁 니다. 만일 당신이 그런 내 마음을 조금이라도 알아주신다면 나는 만족 합니다.

당신을 알게 된 건 지금으로부터 두 해 전 가을이었습니다. ○○고교에 서 금강산 여행을 갔을 때였습니다. 당신 역시 친구들과 함께 갔었지요. 다행인지 불행인지 그때 우리는 한 차를 타게 되었습니다. 그때 본 당신의 인상이 너무도 강렬하게 머릿속에 남아있습니다. 지금까지 내가 상상해오던 환영(幻影, 눈에 없는 것이 있는 것처럼 보이는 것)과 조금도 다르지 않은 당신을— 발견한 그때, 다른 아이들은 떠들면서 이야기로 꽃을 피웠지만, 나는 당신을 바라보며 정신을 잃고 말았습니다.

그때부터 내 정신은 완전히 당신에게 빼앗기고 말았지요. 그 후 당신의 집을 찾기 위해 얼마나 고심했는지 모르실 겁니다. 당신의 그림자라도 보고 싶어서 날마다 당신의 집을 찾았지요. 하지만 당신은 내 존재마저 모르는 듯했습니다.

아, 괴롭습니다. 2년이란 세월이 짧다면 짧지만, 내게는 길고도 괴로운 날이었습니다. 오늘도 비 내리는 거리에서 우산을 쓰고 지나가는 당신의 뒷모습을 멀거니 바라만 보았습니다.

그런데 갑자기 이렇게 글을 드리면 나를 이상한 사람으로 생각하지 않을지 걱정입니다. 그러나 용서하십시오. 변명은 하지 않으렵니다. 다만, 나쁜 사람이 아닌 것만은 진정으로 고백하고 싶습니다.

당신을 알게 된 후부터 더 열심히 공부하고 더 많은 책을 읽습니다. 훌륭한 인격을 갖추기 위해서입니다. 만일 이를 반대하시면 시골에 계신 부모님께 알려 통혼(通婚, 혼인할 의사를 전함)하도록 하겠습니다. 저는 그것을 그리 좋게 생각하지는 않지만, 당신이 원하신다면 어떤 형식이라도 모두 밟겠습니다. 그리고 한층 더 노력해 공부하겠습니다. 만일 당신이 학자를 좋아하신다면 학자가 되기 위해 힘쓸 것이고, 실업가를 좋아하신다면 실업가가 되기 위해 노력하겠습니다. 그러니, 부디 당신과 함께할

내 운명의 지배자는 당신뿐이라는 걸 꼭 알아주십시오. 진정입니다.

나는 소설을 통해 온갖 슬픈 사랑을 접했습니다. 그러나 내 사랑만은 승리의 사랑이 되기를 아침마다 기원합니다.

사실 이 글을 쓰기 전에 매우 주저하였습니다. 그래서 이 글이 나라는 사람을 당신에게 인식시켜준다면 그것만으로도 기쁠 것입니다.

어여쁜 내 마음의 천사여! 부디, 내 순정을 알아주십시오. 그것만으로도 감사히 생각하겠나이다.

나는 몇 번이나 거듭 내 마음을 시험해보았습니다. 이것이 일시적 감정이 아닌가 하고— 그러나 내가 본 여자가 당신만이 아니고, 세상에 당신 혼자만 사는 것도 아닙니다. 당신을 단념하려고 애도 써보았습니다. 그러나 그것은 어리석은 노릇이었습니다. 이 괴로운 날이 다시는 계속되지 않기를 바라며 글을 끝맺습니다.

길이길이 안녕하시고, 한마디라도 좋으니 이 마음을 알아주시기 바랍니다.

10월 10일,

영일 올림

—1939년 서간집 《나의 화환》

사랑하는 사람에게

__노지영

어제 보낸 편지를 지금 받았습니다.

요즘 나는 당신의 편지를 읽는 기쁨으로 설렙니다. 그래서 잠만 깨면 당신의 편지를 기다리곤 합니다.

가을과 함께 이곳에는 각양각색의 들국화가 마당 가득 피었습니다.

달이 곱게 뜬 밤이면 당신을 떠올리며 그 주위를 걷곤 합니다. 그럴 때마다 당신 생각에 눈물짓지요.

그렇습니다. 내 마음에는 당신으로 인해 '행복'이라는 이름의 꽃이 가득 피었습니다.

고요한 산속의 생활……내 귀에 들리는 소리가 있다면 그것은 물소리요, 내게 말하는 이가 있다면 그것은 작은 새의 노랫소리일 것입니다.

가을바람이 불고, 들국화가 춤을 추는 이곳에서, 내 영혼은 날개를 펴고 꽃으로 수놓은 사랑의 터를 닦고 있답니다.

당신과 함께 웃고 울던 곳, 당신과 함께 노래하던 곳, 당신과 함께 미래를 이야기하던 곳……

아, 아름다운 곳! 애달픈 추억!

웅장한 물소리가 한없이 흘러가고, 고요한 달빛 아래 풀벌레가 울면, 단잠을 자던 S寺도 눈을 비비며 잠에서 깨어납니다. 이에 나 역시 잠에서 깨어나 창을 열며 소원을 빕니다.

"내 사랑을 보내주소서!"

영원의 적막 속에 저 푸른 소나무들이 하늘을 향해 떠오를 때, 내 마음은 어디로, 누구를 향해 가는지……

밤마다 법의(法衣, 승려가 입는 옷)를 입고 기도하는 큰 숲 속에 내 마음에 이르는 성모의 궁전을 세우려 합니다.

지난밤에는 이 몸이 꿈이 되어 당신의 집을 찾아갔었습니다. 나는 그 밤이 새도록 홀로 서 있다가 문을 두드려 보았지만, 당신은 잠만 자더이다. 할 수 없이 고달픈 다리를 이끌고 다시 몇백 리 산길을 울면서 돌아와야 했습니다. 만일 내 마음에 발이 있다면 당신 집 뒤뜰에 흔적이 남아있을 테니, 그 흔적을 보거든 내가 다녀간 줄 아세요.

오늘은 온종일 날이 흐렸습니다. 이따금 비도 내렸고요. 그래서 밖에 나가지 않고 누워서 아픈 다리를 쉬었습니다.

어제 보내드린 꽃은 보셨는지요. S사 산곡(山曲, 산모퉁이)에서 외롭게 자란 불쌍한 꽃입니다. 그러니 밥 잘 먹이고, 전차와 버스도 좀 태워서 서울

구경을 시켜주시기 바랍니다. 또 동물원과 남산, 한강 그리고 당신 집 뜰도 구경시켜주세요.

그런데 유는 남의 편지를 외상으로만 잡수시니, 대체 그 빛은 언제 갚으시렵니까? 빛을 많이 지면 몸까지 괴로울 수 있습니다.

그러면 내일 또 쓰렵니다. 안녕히 계시길 바랍니다.

―1939년 서간집《나의 화환》

---

*노자영에 관해서 알려진 이야기는 그리 많지 않다. 이는 그가 시대적 아픔에 주목하지 않은 채 다분히 감상적이고 여성 취향적인 글을 썼다는 이유 때문이다. 이로 인해 그의 글은 당시 여자들 사이에서 큰 인기를 끌었지만, 후대 들어 크게 조명받지 못했다. 시대정신과 역사성을 외면했다는 이유 때문이다.

애인을 보내고

__노자영

사랑하는 그대여!

서울에 잘 도착했다는 편지를 보고 무척 기뻤습니다.

사실 당신이 떠난 후 나는 쓸쓸하기 그지없었답니다. 하지만 무정한 기차는 당신을 태우고 가버리고 말았지요. 나까지 데리고 가던지, 그렇지 않으면 당신의 그림자라도 남겨두고 갔으면 그렇게까지 쓸쓸하지 않았을 텐데…….

당신이 탄 기차가 개천을 건너 산모퉁이를 돌아 꿈같은 안갯속으로 사라질 때, 나는 미친 듯이 손수건을 흔들었습니다. 그러나 이내 눈앞에서 사라지고 말았습니다. 할 수 없이 나는 허전하고 슬픈 가슴에 공허(空虛, 아무것도 없는 텅 빈 상태)를 가득 부여안고 돌아와야 했습니다.

그런데 이게 무슨 일입니까? 나무 한 그루, 돌 한 개 없어지지 않았건만, 내게는 세상이 모두 변하고, 모든 것이 텅 빈 것만 같았습니다.

당신과 함께 행복한 시간을 보냈던 방, 함께 앉아서 기뻐하고 웃음 짓던 방——그 방에는 당신이 꽂아둔 백합도 아직 웃고 있고, 당신과 함께 보던 그림과 책도 아직 그대로 있건만, 내게는 모든 것이 변하고 떠나버린 듯합니다.

아, 나 혼자만이 북극 빙원(氷原, 매우 큰 얼음 덩어리)으로 몰려온 듯합니다.

허공을 향해 당신의 이름을 몇 번이나 불렀는지 모릅니다. 물론 당신이 내 옆에 없는 줄 이성은 잘 알고 있지만, 감정은 아직 당신을 놓아주지 못했나 봅니다.

영희 씨!

당신에게는 그 소리가 들리지 않나요? 소나무 숲을 스치는 저 바람이 당신의 목소리일까요? 그렇다면 그 목소리만이라도 귀를 기울여 듣도록 하겠습니다.

푸른 시냇가에 짙푸르게 우거진 송림 사이를 거닐며 먼 하늘을 쳐다봅니다. 흰 구름 한 점이 남쪽 하늘을 향해 둥실둥실 떠내려가는 것이 보입니다.

아, 나도 구름이 되어 당신이 있는 곳으로 찾아갈까요?

나는 부지중(不知中, 모르는 사이에)에 송림을 껴안고 마치 당신인 듯 입을 맞추었나이다. 구슬프게 우는 작은 새를 보고 당신인 듯 그 노래에 귀를 기울였나이다.

나의 영희 씨!

당신은 내 마음에 심은 한 포기 영원한 꽃이요, 내 마음에 우는 한 마리 작은 새입니다.

당신의 서늘한 음성은 여전히 내 귓가에 돌고, 맑은 눈 역시 내 마음속에 그대로 남아 있습니다. 그래서일까요. 오늘 아침에도 약수를 마시러 다녀오면서 개천가 바위 위에 홀로 앉아 당신을 그리워했습니다. 그러나 돌아보면 아무도 없고 물소리만 돌돌 흐르더이다.

어서 빨리 당신이 계신 곳으로 가야겠습니다. 당신이 없는 곳에서는 살아갈 수 없습니다.

그럼, 다시 볼 때까지 잘 지내시길 바랍니다.

잊지 말고, 날마다 편지해주세요.

―1939년 서간집《나의 화환》

영원히 간 그대에게

___노자영

여기는 부전고원(赴戰高原, 개마고원 남쪽에 있는 명승지)! 지금은 나뭇잎 떨어지는 가을——

가을은 왜 이다지도 적막합니까? 나는 지금 고원에 발을 붙이고 끝없이 펼쳐진 창공의 저편을 바라보고 있습니다. 흰 구름은 자취 없이 떠오르고, 산골의 가을 물소리는 더욱 구슬프게 들려옵니다.

정자 씨! 지금은 새도 울지 않아요. 꽃도 진 지 오래되었어요. 쌀쌀한 찬바람이 앙큼한 바위에 목메어 울 뿐입니다. 이렇게 쓸쓸한 곳에 나는 왜 온 것일까요? 손님이 끊어진 고원! 적막강산에 가을만 짙어가는 이곳에 말입니다.

아, 정자 씨!

당신이 생각날 때마다 가슴이 무너진 듯하여 이곳을 찾지 않을 수 없었습니다. 이곳은 당신과 내가 처음 인연을 맺은 곳이기 때문입니다. 우리 두 사람의 사랑이 작은 낙원을 만든 곳도 바로 이곳입니다.

나는 지금 우리가 날마다 사랑을 속삭이던 바위 위에 서 있습니다.

정자 씨! 벌써 세 번째 해(年)를 보냈구려. (아, 빠르다. 내가 그대를 잃은 지도……) 덧없이 가는 세월을 뉘라서 잡으리까. 그동안 세상이 변하고, 내 환경 역시 많이 변했건만, 내 마음만은…….

정자 씨! 당신 이름이라도 실컷 불러야만 마음이 시원해질 것 같습니다. 당신은 내 마음에 화석 같은 존재였어요. 하지만 당신은 이미 이 세상 사람이 아닙니다. 그래서 그런 생각일랑 하지 말자고 여러 번 결심했지만, 그 마음 역시 눈이 녹듯 사라지고 맙니다.

지금 이 글을 써서 뭐하리까? 붙일 곳도 없고, 받아 볼 사람도 없는 것을……

당신을 잃은 것은 내 몸의 반쪽을 잃은 것과도 같았습니다. 이에 어떤 사람은 내게 사내답지 못하다고 말하더이다. 그러나……

아, 정자 씨!

당신을 다시 볼 수 없다고 생각하니 앞이 캄캄해지고, 온몸에서 맥이 풀리고 맙니다.

공산(空山, 사람이 없는 산중)에는 서리 찬바람이 지나갈 뿐. 서러운 이 몸은 울고 가는 기러기를 보고 슬퍼하오리까, 흘러가는 물결을 쥐고 탄식하오리까.

당신은 나를 위해서 이 산골에서 코흘리개 아이들과 추우나 더우나 땀을 흘리며 지냈지요. 그렇게 갖은 고생을 다 하면서도 매달 내게 돈을 보낸 그 정성을 생각하면 눈물이 멈추지 않습니다.

당신의 피와 땀으로 인해 나는 지금 밥벌이나마 하고 있습니다. 그러나 내가 그 은혜를 갚아야 할 당신은 이제 백골이 되어 나를 기억이나 하는지……

정자 씨!

니는 당신이 육체만을 가졌다고 생각하지 않습니다. 그 아름다운 마음씨야말로 오늘 내가 여기 와서 당신을 생각하게 하는 이유이기 때문입니다. 하지만 그런들 뭐하겠습니까? 정신없이 앉아 있다가 돌아보면 여전히 나 혼자인 것을. 형체도 없는 당신은 왔는지 말았는지——

아, 괴롭다!

나 역시 인간인 이상 나와 같은 인간이 그립답니다. 아, 적막한 고원! 산에는 별빛이 울고 있어요. 그 별을 안고 호소라도 하리까? 발 앞에 지는 나뭇잎을 안고 통곡이라도 하리까? 하지만 그런들 뭐하겠습니까? 적막한 세상이 더욱 쓸쓸할 뿐입니다.

그토록 아름답던 당신이 가다니…….

나는 그것이 꿈이라고 몇 번이나 소리쳐 보기도 했습니다. 하지만 더는 당신은 없고, 당신이 살던 움집 위에서는 갈대만이 휘적휘적 바람에 휘날리더이다.

정자 씨!

당신은 내 사랑인 동시에 나의 은인입니다. 그래서 더더욱 당신을 잊을 수 없습니다.

당신을 잊지 않으려고, 나는 당신의 고운 사진을 시계 뒤에 붙여놓고 시계를 볼 때마다 쳐다봅니다. 하지만 무슨 소용이 있겠습니까? 이제 다시는 이 세상에서 만날 수 없는데…… 그러니 인생의 허무를 부르짖으면 뭐하며, 호소할 것조차 없는 이 설움을 여기에 쓴들 뭐하겠습니까?

정자! 이름만이라도 영원히 부르렵니다. 그리고 환영만이라도 내 기억에서 사라지지 않기를 바랍니다.

아, 아름답던 당신이여!

당신은 비록 나를 떠났지만, 당신이 남긴 향기만은 영원할 것입니다.

10월 말

— **1939년 서간집 《나의 화환》**

마지막 글을 쓰면서

__노자영

보내주신 글을 몇 번이나 읽었습니다. 당신의 괴로운 호흡까지도 잘 들을 수 있었습니다.

지금쯤 당신은 저를 몹시 기다리고 있을 것입니다. 그러나 저는 결심했어요. 더는 당신을 애인으로서 만나지 않겠다고. 다시 말하면 당신을 단념할 생각입니다. 물론 제게는 죽음이 오히려 더 가볍겠지요. 아, 이 마음은 괴롭다기보다 저립니다.

당신 부인께 모든 것을 고백하고 사죄하고 싶습니다. 그러나 당신이 나를 사랑하고, 내가 당신을 존경함은 부인할 수 없는 사실입니다. 이것을 타파할 수만 있다면 오히려 마음이 편할 텐데.

이 세상 수억만 사람 중 내 순정을 남김없이 다 바치고 싶은 사람은 오직 당신 한 명뿐입니다. 그 이유는 저도 알 수 없습니다. 그러나 10여 년 동안 당신을 섬기는 그 사람을 속인다는 것이 나를 더 괴롭게 하고, 파렴치한 내 마음을 채찍질합니다. 더욱이 당신한테는 귀여운 아이들도 있습니다. 그들을 위해서라도 나 자신의 모든 기쁨과 행복을 바치는 것이 옳을 듯합니다. 오! 그러나 임이여. 나라는 존재가 세상에서 사라져 버린다면 이 세상에 윤리나 도덕이 무슨 힘이 있으리까. 나는 오직 순결한 마음을 뭉쳐서 영원히 당신을 사랑할 수밖에 다른 도리가 없습니다. 길지 않은 동안이나마 당신의 마음을 얻은 것만으로도 고마울 뿐입니다. 죽을 때까지 잊지 못할 것입니다.

나는 눈물 없이는 이 글을 쓸 수 없습니다. 그러나 당신의 앞날은 행복하기를 바랍니다. 오해는 하지 마십시오. 진정입니다. 질투나 격정에서 이런 말을 하는 것이 결코 아닙니다. 당신이 이 세상을 떠나고 싶다는 것도 나는 잘 압니다. 그러나 죽음이 행복을 가져오지는 못합니다. 당신의 가족을 위해서나 나를 위해서라도 하루라도 더 오래 살아주십시오. 더는 당신과 만나지 못할 운명을 가진 내게는 당신이 이 세상에 있는 것만으로도 큰 기쁨이요, 행복이니까요. 만나지 못한다고 해서 꺾일 내 순정이 절대 아닙니다. 그것은 불멸물(不滅物, 없어지지 아니하고 영원한 물건)입니다. 나는 이 보물을 잘 간직하렵니다. 이제 더는 바칠 사람조차 없는 이 귀한 선물을……

저 역시 일에 충실하고, 어머님을 지성으로 공경하렵니다. 내 온 정열을 어머님께 바치렵니다. 나를 위해 반생을 허비하신 내 어머님을 위하여…… 이 세상의 인연을 끊고, 당신을 존경한다면 당신 부인도 용서하겠지요. 설령, 용서하지 못한다고 해도 어쩔 수 없는 일이지요. 그러나 나를 이해해준다면 더없는 기쁨일 것입니다.

임이여. 냉정히 생각하길 바랍니다. 이것이 당신께 보내는 마지막 글입니다. 그래서인지 눈물이 앞을 막아 더는 쓸 수 없습니다. 왜 우리는 이런 기구한 운명을 타고났을까요? 여기서 벗어날 순 없을까요? 아, 이 괴로움…… 차라리 죽음을 주소서.

지난번에 말씀드렸듯이 이 땅을 떠날 수도 있습니다. 그러나 몇천 번을 생각해봐도 제 양심이 그것을 허락하지 않습니다. 그 어린 귀여운 생명들, 그리고 나의 어머니…… 차라리 죽음이 나을 듯합니다. 그러나 그것 역시 제가 진정 원하는 것은 아닙니다. 결국, 저는 당신과 헤어지기로 마음먹었습니다.

육체를 떠난 사랑은 구원이요, 불멸입니다. 그러니 당신이 진정 나를 사랑했다면 이 모든 것을 이해하고, 당신에 대한 내 순정을 영원히 기억해주세요. 그러면 저는 기쁘겠어요, 만족해요.

마지막으로, 마음 흐트리지 마시고, 하시는 사업에 정진하여 성공하소서. 그리고 제가 그것을 축원하고 기뻐하는 것을 잊지 않는다면 감사하겠습니다.

쓸데없는 말이 많았습니다. 부디, 해량(海諒, 바다와 같은 넓은 마음으로 너그럽게 양해함. 주로 편지 따위에서 상대편에게 용서를 구할 때 씀)하소서. 쓰려면 끝이 없을 것 같으니, 이만 접습니다.

영원한 안녕을 빌면서……

* 노자영은 《백조》 창간 동인으로서 작품 활동을 시작하였고, 잡지 《신인문학》을 창간해 후진 양성에도 힘썼다. 특히 시와 수필에서 소녀 취향의 감상주의로 일관하여 자신의 시에 '수필시'라는 특이한 명칭을 붙이기도 했던 낭만주의자였다. 그중 1929년 그가 '오은서'란 필명으로 펴낸 《사랑의 불꽃》은 당대의 베스트셀러로 손꼽힐 만큼 많은 사랑을 받았다. 하지만 대부분 연애편지와 같은 방식을 취해 단조로운 면이 있다.

"성희 씨! 꽃이 피고, 잎이 지고, 화조월석(花朝月夕) 고운 날이 몇 번이나 변하더니, 벌써 10년이라는 세월이 지났구려. 아, 가는 것은 세월이요, 빠른 것 역시 세월입니다. 누가 세월의 무상함을 탄식하지 않겠습니까? 그러나 세월이 가고, 시간이 가도, 당신은 언제나 이 가슴 속에 살아 있습니다."

내게는오.직.당.신.뿐.입니다.

나는 정신 잃은 사람처럼 한동안 우두커니 서 있었습니다. 소중한 것을 갑자기 잃어버린 듯도

했고, 머리를 문지방에 부딪친 사람처럼 멍하기도 했습니다. 그러면서도 지금까지 맛보지 못

했던 말할 수 없는 기쁨을 맛본 듯했습니다.

_이광수, 〈연분〉 중에서

Part 2

우리의 아름다운
운명을 축복하며

연분(緣分)

__이광수

여러분은 연분(緣分, 서로 관계를 맺게 하는 인연)이라는 말을 믿습니까. 아마 새로운 교육을 받으신 분들 가운데는 연분을 미신이라며 비웃는 분들도 있을 겁니다. 나도 그런 미신은 비웃어 버리고 싶습니다. 그러나 세상에는 연분이라고 밖에는 생각할 수 없는 일이 무척 많습니다. 내가 지금부터 말하려는 '내 생애 잊을 수 없는 일 분' 역시 연분이라고 밖에는 생각할 수 없는 일입니다.

불가(佛家, 불교를 믿는 사람. 또는 그들의 사회)의 말을 빌리면 인생의 모든 일이 다 인과(因果, 원인과 결과)라고 합니다. 지금부터 내가 여러분께 이야기하는 것이나, 또 하고 많은 사람 중에서 특별히 여러분만이 내 이야기를 듣는 것 역시 모두 인연이라는 것입니다. 즉, 몇 만년, 몇십만년, 몇 천겁, 몇억 천 겁, 몇천억 아승지겁(阿僧祇劫, 년·월·일이나 어떤 시간의 단위로도 계산할 수 없는

무한히 긴 시간) 전부터 쌓은 인이 맺어서 오늘의 인연을 이룬 것이라고 합니다. 과연 인생의 여러 가지 일을 가만히 생각해보면 모두 인연이라고밖에 할 수 없습니다. 더욱이 나처럼 파란 많고 기구한 일생을 보낸 사람일수록 일생이 알 수 없는 무슨 신비한 인연으로 이뤄진 것 같습니다. 그중 지금부터 시작하려는 이야기는 내가 당한 인연 중에서도 가장 신비한 인연에 관한 것입니다.

인연 중에 남녀의 결합에 관한 것을 '연분'이라고 부릅니다. 이에 나 역시 이 이야기를 연분이라고 명명하였습니다. 여러분께서 이 이야기를 다 읽고 나면 아시겠지만 '첫사랑'이라고 이름 짓는 것이 더 마땅할지도 모릅니다.

열다섯—그렇습니다. 그것은 내가 열다섯 살 때 있었던 일입니다. 나는 동경으로 공부하러 갔다가 (그때 우리나라에는 학교가 없었습니다) 어떤 사정이 있어서 잠시 고향에 돌아온 적이 있습니다. 그러나 부모가 모두 돌아가신 터라 마땅히 집이라고 부를 만한 곳이 없었습니다. 그래서 친척 집으로, 친구의 집으로 이삼일 혹은 사오일씩 묵으며 돌아다니곤 했습니다. 그러다가 S라고 하는 고모님 댁에 가서 정월 한 보름 명절을 보내게 되었습니다.

고모님 댁에 사내아이라고는 어린아이 하나밖에 없었습니다. 그러나 여자아이는 장성한 딸이 셋이나 있었습니다. 또 그 집이 동네에서 제일 잘 살고 큰 집이었기에 동네 아가씨들이 모두 모여서 놀곤 했습니다. 이에 열사흗날 밤부터는 마치 잔칫집처럼 웅성웅성했습니다.

꽃 같은 처녀들이 모두 다홍치마나 분홍치마를 차려입고, 치렁치렁 땋아 늘인 머리에는 구자판이나 진주를 단 댕기를 드리고, 하얀 버선에 새 신을 신은 채 빨갛게 얼굴이 상기되어 뭐라고 지껄이면서 안마당과 뒤울(집 뒤쪽에 있는 담이나 울타리) 안에서 웃고 뛰는 모습이 외롭게 자란 내게는 말할 수 없이 이채롭고 기뻤습니다. 마치 오랫동안 찬바람을 쐬다가 훈훈한 방에 들어온 사람처럼 스스로 졸리는 것처럼 마음이 즐거웠습니다. 그래서 뒤 울 안 담에 비스듬히 기대어 아가씨들이 뛰노는 것을 지켜보곤 했습니다. 그러면 나를 처음 보는 아가씨들은 이따금 힐끗힐끗 나를 쳐다보고는 수줍은 듯이 달아나곤 했습니다. 하지만 장난에 흥이 나고, 나를 점점 알아감에 따라 치맛자락으로 내 몸을 스치는 것 역시 꺼리지 않게 되었습니다. 더욱이 누이들이 내게 와서 매달리는 것을 보고는 나이 어린 아가씨들은 살짝 내 몸에 손을 대기도 했습니다.

아가씨들은 동그랗게 손을 잡고 한 아가씨가 피하면 다른 아가씨가 피하는 아가씨를 붙들려고 따라다니는 놀이를 즐겨 했는데, 손을 잡은 아가씨들이 팔을 들어 쫓기는 사람을 보호하는 놀이였습니다. 그리고는 흡사 비단을 찢는 듯한 목소리로 연이어 이렇게 말했습니다.

"어디 장차?"

"전라도 장차!"

"어느 문으로?"

"동대문으로!"

그러면서 빙글빙글 돌아갈 때 부드러운 달빛이 아가씨들의 어여쁜 얼굴의 이쪽과 저쪽을 비추곤 했습니다. 그러다가 눈이 그 달빛에 반짝반짝 빛나기도 했습니다.

그중에 특별히 목소리가 고운 아가씨가 한 명 있었습니다. 그녀는 항상 '어디 장차?'를 가장 먼저 묻곤 했는데, 그 소리가 마치 하늘에서 떨어지는 것처럼 맑고 고왔습니다.

그녀는 그 날 모인 사람 중 가장 나이가 많은 듯했습니다. 치마의 분홍빛은 물론 저고리 색깔은 지극히 연했습니다. 두 소매에 단 끝동만이 짙은 남색을 띠고 있었습니다. 그러나 팔을 드는 모양이며, 몸을 놀리는 모양이 마치 춤을 추는 듯해 그녀의 몸이 내 앞으로 가까이 올 때마다 나는 이상하게 가슴이 두근거렸습니다.

그녀 역시 남달리 나를 보는 듯했습니다. 하지만 그녀가 내 앞을 지나서 한 바퀴 돌아 다시 내 앞에 오기까지는 마치 봄이 가고, 여름, 가을, 겨울이 지나 다시 봄이 오는 것처럼 길게 느껴졌습니다.

"우리 조아질(공기놀이) 하자!"

누군가 이렇게 소리를 치자, 즐겁게 놀던 아가씨들이 갑자기 방으로 우르르 뛰어 들어갔습니다. 나는 그대로 멀거니 선 채 흡사 얼빠진 사람처럼 방 안에서 나는 재잘거리는 소리를 듣고 있었습니다. 그러자 갑자기 그녀가 생각나 가슴이 두근거렸습니다. 미칠 것 같이 그녀가 그리웠습니다. 지금 그 처녀가 방 안에 있건만 어디 먼 곳으로 달아난 듯했습니다. 마치 저 하늘 위 달나라로 날아 올라간 것 같았습니다.

그때 내 누이가 갑자기 뛰어나왔습니다.

"오빠! 왜 안 들어오고 이러고 서 있어요? 한 사람이 모자라는데 우리 편해요."

그러더니 두 손으로 나를 잡아끕니다. 언뜻 보니 저쪽 편 그늘에 그녀가 있었습니다.

"싫다! 사내가 어떻게 공기놀이를 해?"

나는 끌려가지 않을 양으로 떡 버티고 섰습니다. 그랬더니 누이가 냉큼 뛰어가서 그녀를 데리고 왔습니다. 그녀는 감히 말을 붙이지는 못했지만 간청하듯 나를 바라보았습니다. 달빛에 비친 그 얼굴이 참으로 아름다웠습니다. 이에 나는 더 거절할 용기가 없어서 끌려 들어가고 말았습니다.

나는 그녀와 같은 편이 되었습니다. 그리고 우리 둘 다 공기놀이를 무척 잘했습니다. 그 결과, 세 번을 계속해서 우리가 이겼습니다. 그러자 저쪽 편에서 항의를 해왔습니다.

"싫어! 편 다시 짜!"

처음에 내가 사내라 공기놀이를 잘못할 줄 알고 잘하는 사람과 한 편이 되게 했는데, 뜻밖에 잘하는 것을 보고 깜짝 놀란 것입니다.

나는 기실 그중에서 제일 수가 높았습니다. 내가 '알 바꾸기' 같은 어려운 것을 실수 없이 잘하자 그녀는 반쯤 입을 벌린 채 내 손과 얼굴을 번갈아가며 쳐다보았습니다. 그때 내 기쁨은 실로 말할 수가 없었습니다. 만일 내가 수가 낮아서 그녀 편을 지게 했더라면 얼마나 면목이 없었을지. 하지만 나는 그 자리에서 왕이 되었습니다. 내가 마지막 차례가 되어 저쪽 편보다 훨씬 떨어진 것을 혼자서 다 따라잡자, 그녀는 아직 내 손 기운이 따뜻하게 남아 있는 공기를 정다운 듯이 사르르 쥐면서 나를 보고 방긋 웃어주었습니다. 하지만 결국 그녀와 나는 편이 갈리고 말았습니다. 편이 갈린 것은 슬펐지만, 자리가 바뀌어 그녀 옆에 나란히 앉게 된 기쁨은 여간한 게 아니었습니다. 비록 피차에 옷이 여러 겹 가려져 있더라도, 무릎과 어깨가 슬쩍슬쩍 스칠 때는 둘의 몸에서 뜨거운 불길이 확확 건너가는 것 같았습니다.

처음에는 몸이 살짝 닿기만 해도 깜짝 놀라서 피했지만 얼마 안 되어서는 다리와 다리 혹은 옆구리와 옆구리가 마주 닿아도 장난에 취한 듯이 모르는 척하였습니다. 그렇게 해서 밤이 깊어 갈수록 방 안의 공기는 식어갔지만, 공기놀이를 하며 마주 닿는 어깨며, 옆구리, 다리는 불덩어리처럼 뜨거워져 갔습니다. 거기에 취한 나는 시간 가는 줄도 몰랐습니다. 그러나 다른 아이들은 모두 피곤한 모양인지 졸리는 듯한 얼굴을 하고 있었습니다. 이에 약간의 새참을 먹은 후 하나씩 집으로 돌아갔습니다.

나는 커다란 밤나무 숲이 있는 조그마한 고개를 넘어가야 할 그녀를 데려다주기로 했습니다. 달은 퍽 기울어져서 앞 벌판에는 시커먼 산 그림자가 누웠는데, 발밑에서 빠득빠득하는 언 눈 소리가 싸악—싸악 하는 치마 소리와 함께 들려왔습니다. 그녀는 빠른 걸음으로 뒤도 안 돌아보고 앞장서서 걸어갔습니다. 그러더니 고갯마루에 이르러 나를 돌아보았습니다.

"이제 돌아가셔요."

그러나 나는 아무 말 없이 서 있었습니다. 굵다란 밤나무 그림자가 그녀의 몸에 어릿어릿합니다. 나는 숨만 헐떡거리고 꼼짝할 수가 없었습니다. 그러자 그녀는 빙그레 웃는 낯으로 나를 그윽이 바라보더니 싸늘한 손을 들어 잠시 내 손을 만지고는 무엇에 깜짝 놀란 사람처럼 집을 향해 뛰어가기 시작했습니다. 달빛이 환하게 비친 사래 긴 밭을 지나 소나무가 모여선 언덕 밑에 있는 조그마한 초가집 사립문으로 스러지자 '쿵' 하고 문을 열었다 닫는 소리가 나더니 이내 잠잠해집니다. 빨갛게 등잔불이 비친 창이 보일 뿐입니다.

나는 정신 잃은 사람처럼 한동안 우두커니 서 있었습니다. 소중한 것을 갑자기 잃어버린 듯도 했고, 머리를 문지방에 부딪친 사람처럼 멍하기도 했습니다. 그러면서도 지금까지 맛보지 못했던 말할 수 없는 기쁨을 맛본 듯했습니다.

그 후 나는 두 번 다시 그녀를 만나지 못한 채 동경으로 돌아가야 했습니다. 하지만 그 날의 기억만은 한동안 사라지지 않았습니다. 밤에 잠시 본 얼굴이라, 그 얼굴마저 확실히 생각나지 않는데도 말입니다. 그래도 그녀가 그리웠습니다. 그녀의 얼굴이 분명치 않았기 때문에 도리어 모든 아름다운 것을 다 그녀에게 집중할 수 있었습니다. 그래서 차디찬 하숙방에서 그녀를 생각하며 시간을 보내는 것이 그때 나의 일과 중 하나였습니다. 그러나 오 년이 지나고 육 년이 지나는 동안 그 일은 점점 잊히고 말았습니다. 다만, 가끔가다가,

"어디 장차?"

하고 달 아래서 분홍 치맛자락을 나풀나풀하던 기억만이 희미한 향기처럼 피어오를 뿐입니다. 그러나 그녀는 결코 나와 아무 상관이 없는 사람이 아닙니다. 전생의 전생부터 어떤 연분을 가진 사람임이 분명합니다. 비록 서너 시간 밖에 만난 일이 없지만 내게 큰 기쁨을 주었고, 내 어린 영혼을 흔들었으며, 삼사 년 동안 내 외로운 영혼의 동무가 되어 주었고, 나의 가슴 속에 깨끗한 향내가 되어 두고두고 나의 일생을 향기롭게 하는 사람이 되었기 때문입니다. 이것이 어찌 인연이 아니겠습니까?

나는 이제 그녀와 만나기를 원하지 않습니다. 다만, 어린 시절 달빛 아래서 있었던 그녀와의 고운 추억만은 영원히 잊고 싶지 않습니다.

—1924년 12월 《영대》 제4호

* "그리워하는데도 한번 만나고는 못 만나게 되기도 하고, 일생을 못 잊으면서도 아니 만나고 살기도 한다."

일본 유학 시절 하숙집 딸 아사코와의 이루어질 수 없는 짧은 첫사랑을 그린 피천득의 수필 〈인연〉의 마지막 부분에 나오는 글이다.

춘원의 〈연분〉 역시 거기에 못지않게 짧은 인연이 맺어준 사랑에 관한 그리움과 추억을 진하게 담고 있다. 그러고 보면 춘원과 피천득의 인연 역시 매우 깊다. 피천득의 '금아'라는 호를 춘원이 직접 지어줬기 때문이다. 이렇듯 수많은 인연으로 이루어져 있는 것이 바로 우리 인생이다.

손가락

__**이광수**

　사람이란 하루에도 몇 번씩 죽을 생각이 나는 법이다. 더욱이 나처럼 일생을 불행 속에서 살아온 사람은 더욱 그렇다. 하지만 '에라, 죽어버리자. 죽어버리면 그만일 것을 내가 왜 이 고생을 해.' 하고, 어떻게 하면 얼른 죽을 수 있을까 그 방법을 생각할 때면 반드시 무슨 일이 하나 생겨서 다시 살기를 작정하게 되는 법이다. 그 일이란 항용(恒用, 흔히, 늘) 대수롭지 않다. 혹은 말 한마디에 지나지 않는 수도, 혹은 손을 한번 살짝 만져주는 것에 지나지 않는다. 가령, 요새 흔히 있는 일 모양으로 한강철교에 빠져 죽으려는 사람이 있을 때, 누구든지 그 사람을 껴안고 뺨을 한번 마주 비벼보라. 그러면 당장 그 사람의 죽을 마음이 사라져 버리고 말 것이다. 그것은 정(情)의 힘이다. 사랑의 힘이다. 사람의 목숨은 사랑을 먹어야 산다. 죽으려는 이에게 사랑을 주라. 그는 곧 살아날 것이다.

그것은 내가 열한 살 적 일이다. 불과 열흘 내에 아버지와 어머니가 다 괴질로 돌아가시고 어린 누이동생들과 나만 남았을 때다. 부모는 다 돌아가셨지만 그래도 먹고 살겠다고 내가 물을 길어오고, 반찬을 만들고, 밥을 지었다. 하루는 저녁 지을 나무가 떨어졌기에 나는 낫과 새끼 한 바람(길이의 단위. 한 바람은 한 발)을 들고 뒷산으로 올라갔다.

음력 9월이었다. 풀이 다 늙어서 베어만 오면 곧 아궁이에 넣을 수 있었다. 나는 서툰 솜씨로 불이 잘 붙을 만한 풀을 골라 가면서 베었다. 이왕이면 내일 하루 땔 것까지 베어 가려고 해가 저물도록 풀을 베었다. 그런데 그만 낫이 어떤 나무뿌리에 미끄러지면서 풀을 쥐었던 왼쪽 무명지 셋째 마디를 썩 들여 베고 말았다. 선뜩하기로 손을 쳐들어 보니 빨간 피가 주르륵 흘러내린다. 나는 웬일인지 갑자기 설움이 들어 오른손에 들었던 낫을 집어 팽개치고 그 자리에 펄썩 주저앉아서 울었다. 얼마를 울었는지 모른다. 내 몸에 있는 피는 죄다 눈물이 되어 버린 것처럼 울었다. 울다가 눈을 떠보면 손가락에서는 점점 더 빨간 피가 흘러내리고, 그것을 보고는 더욱 설움이 나서 울었다. 이렇게 해 넘어가는 줄도 모르고 울고 있을 때 누가 등 뒤에서 한쪽 팔로 껴안으며, 그 입을 내 입술에 마주 델 만큼 가까이 대고,

"아이고, 가엾어라, 너는 왜 여기 앉아서 이렇게 우니? 부모 생각이 나서 그러니?"

하기로, 나는 피가 흐르는 왼손을 내밀어 보였다. 그녀는 그것을 보고 깜짝 놀라며,

"에구머니, 이게 웬일이냐?"

하고, 피가 흐르는 손가락을 자기 입으로 빨았다. 그의 입술에는 피가 묻었다.

"입에 피!"

나는 그의 손을 급히 뿌리쳤다. 그러자 여인은 허리를 펴서 사방을 둘러보더니 베어 놓은 풀과 끝을 땅에 박고 직 굽어선 낫을 본 후, 내 손가락이 베이진 까닭을 안 듯이 고개를 끄덕끄덕하고는 부리나케 풀 속으로 돌아다니면서 쑥솜(쑥대에 붙은 솜 같은 것)을 뜯어다 내 손가락에 대었다. 그러고는 싸맬 것이 없어서 한참 어쩔 줄 몰라 하더니, 입으로 자기 치마 고름을 짝 찢어서 꼭꼭 싸맸다. 다 싸매기도 전에 하얀 치마 고름 헝겊에는 주홍빛으로 피가 내어 비친다.

여인은 또 한번 내 목을 껴안고 뺨을 제 뺨에 비비며 여러 가지 위로의 말을 건네고는 눈물에 젖은 내 얼굴을 물끄러미 들여다보면서,

"자, 이제 집으로 가요. 어두워졌으니…… 그리고 울지 말아요. 초년 고생을 해야크게 된대요. 그러니 울지 말아요."

하고, 마치 어머니가 귀여움에 못 견디어 무릎 위에 앉은 어린 자식에게 하는 것처럼 나를 한번 더 꼭 껴안고는 바르르 떨며 입을 맞추었다.

나는 그 여인이 내 몸을 놓기를 기다려 벌떡 일어나서 풀단을 둘러메고 낫을 든 채 집을 향해 뛰어 내려왔다. 얼마를 오다가 뒤를 돌아본즉, 여인은 아직도 그 자리에 서서 내가 돌아보는 것을 보고 손을 흔든다. 또 내가 얼마를 더 내려가다가 돌아본즉, 여인이 어스름한 산그늘로 가물가

물 걸어가는 것이 보인다.

집에 돌아오니 어린 누이들이 대문 밖에 나서서 울고 섰다. 나는 부엌으로 들어가서 방금 해온 나무로 밥을 지어 누이들과 함께 부뚜막에 앉아 먹으면서 그 여인의 얼굴을 생각하였다. 그러고는 부모가 다 돌아가신 뒤에 처음으로 기운을 얻어서 언제까지든지 살리라, 힘 있게 살리라고 맹세하였다.

그 여인이 누구인지는 모른다. 그녀는 내가 누군지를 알았던 모양이지만, 나는 그녀가 누구인지 몰랐다. 그 후에도 만난 일이 없다. 잘해야 나보다 열 살이나 더 먹었을 듯하던 것을 생각하면 아직도 이 세상에 살아있을 것이다.

아아, 모르는 여인이여, 하늘의 복이 당신 위에 내릴지어다.

—1924년 9월 《영대》 제2호

* 인연이란 언제, 어디서, 어떻게 작용할지 누구도 알 수 없다. 인연이 있다면 누구도 그것을 막을 수 없기 때문이다. 그 때문에 비록 마음이 아프고 미련이 남을지언정 그리워하고 설레는 마음을 간직한 채 사는 것도 좋지 않을까, 라는 생각을 무시로 하곤 한다. 춘원의 말처럼 그것이 깨끗한 향내가 되어 두고두고 우리 일생을 향기롭게 할 수도 있기 때문이다. 무릇, 인생은 작은 인연들로 인해 더욱 아름다운 법이다.

이등변삼각형의 경우
__이효석

사람이 평생 몇 번이나 로맨스를 겪는지 만인(萬人, 모든 사람)의 경우를 알 바 없으나, 비록 돈 환(전설 속의 바람둥이)이 아니라도 로맨스 — 적어도 로맨스다운 것은 누구나 일생 무수히 경험하리라고 생각한다.

철모르는 보통학교 시절 같은 반 소녀와 단짝으로 몰려서 친구들에게 놀림 받던 기억 — 이것을 로맨스라고 부르기에는 너무도 어리다면, 성장 후 앞집 새색시와 마을 뒤편 헛간에서 만나 황급하게 입술을 서로 스치던 이야기, 이것은 확실히 한 장의 로맨스일 것이며, 청년회 발기의 소인연극(素人演劇, 아마추어 연극)을 한다고 뒤끓는 판에 보통학교 교실 한구석에서 교장 딸과 은근히 몸을 맞댄 곡절 — 이것도 로맨스의 한 구절임이 틀림없다.

사실 이 정도 이야기는 희미한 기억 속을 공들여 들치면 얼마든지(?)

나온다. 그러나 여기서는 '피서지'라는 제한이 있는 까닭에 다음 이야기 쯤을 적을 수밖에 없다.

로맨스라고 하기에는 너무도 서글픈 이야기일지도 모르나, 계절은 같은 계절의 기억을 부르는 탓인지 과제를 받고 문득 다음 이야기가 떠오른 것이다.

사년 전 이맘때—첫 여름이었다. 미흡하고 어리석은 일신상의 실책으로 인해 주위로부터 오해와 험구, 욕설을 받아 우울의 절정에 있을 때였다. 답답한 심사를 견딜 수 없어 쇠약한 건강도 회복할 겸 한약을 한 제 지어서 주을온천(朱乙溫泉, 함경북도 경성 주을에 있는 온천으로 일제강점기 당시 문인들이 많이 찾는 곳으로 유명했다)을 찾았다. 때가 때인지라 피서를 겸한 것이기도 했다.

지금은 그곳에 조선 여관도 많이 있으나, 당시에는 거의 일본 여관뿐이었다. 그중에서도 가장 으뜸으로 치는 S각에 들게 된 것이 인연의 시초였다. 이것은 후에 들은 말이나, S각에는 주로 중앙에서 오는 소위 고관(高官, 지위가 높은 관리)들이 든다고 한다. 그런데도 여관 여급 둘이나 내 시중을 들게 된 것은 다행히 그런 줄의 인물이 당시에는 머물고 있지 않았던 것이 한 가지 이유라면 이유일까. 이웃 방에는 군인 몇 사람이 들었고, 딴채(본채와 별도로 지은 집)에는 상인인지 실업가인지 한 중년 사내가 들어 있을 뿐이었다.

키가 크고, 살결이 희끔하며, 허벅진(모자람이 없이 아주 넉넉함) 쪽이 '쓰야꼬'였다. '하루꼬'는 그와 반대로 얼굴이 작고, 눈이 움푹 빠졌으며, 새침했다. 내 방을 맡은 이는 쓰야꼬였다. 나는 그것이 마음에 들지 않았다. 하루꼬의 용모가 훨씬 나의 흥미를 끌었던 까닭이다. 그러나 그렇다고 해서 슬퍼할 것은 없었다. 그날 밤이 되기 전에 벌써 하루꼬는 나와 친밀해져서 내 방까지 오게 되었기 때문이다. 친밀하게 된 동기라고 할까—이야기가 조금 부정한듯하나—화장실에서부터 시작되었다.

온천에 갈 때마다 나는 습관적으로 화장실 출입이 잦았다. 그날도 역시나 마찬가지였다. 그런데 공교롭게도 그때마다 하루꼬가 그곳에 들어 있거나, 혹은 들어오다가 마주치곤 했다. 서너 차례나 똑같은 일을 겪다 보니, 나는 그 이유를 직각(直覺, 보거나 듣는 즉시 곧바로 깨달음)하였다. 이에 때마침 화장실에서 나오는 그녀를 피덕스럽게 가로막고, "이렇게 자주 화장실을 드나드는 것을 보면 아마 그것인 게로군." 하고 빙긋 웃었다. 하루꼬는 얼굴을 붉히고, 그러나 깔깔 웃으며, 꾀바르게(어려운 일이나 난처한 경우를 잘 피하거나 약게 처리하는 꾀가 많음) 나의 겨드랑 밑을 빠져 달아났다. 그리고 그날 밤이 되기 전에 나를 찾아왔다.

그러나 처음부터 호의를 보이던 쓰야꼬가 쐐기(불나방 애벌레)처럼 진득거리며(눅진하고 차져 끈적끈적하게 자꾸 달라붙음) 우리 둘 사이를 틀고 들어왔다. 냄새 진한 탕약도 두 사람이 차례대로 공들여 달여다 주었다. 물론 두 사람이 그 귀찮은 시중을 드는 것은 날마다 내가 비싼 숙박료를 내는 탓도 있었을 것이다. 하지만 그 이유 때문만이라고 하기에는 여간 정성스러운 것이 아니었다. 쓰야꼬가 없을 때는 하루꼬가 내 곁에 있었고, 하루꼬가 없을 때는 쓰야꼬가 있었다. 때로는 두 사람이 한꺼번에 습격해 오기도 했다.

쓰야꼬는 혼자일 때 몸을 너무도 가까이하고 얼굴을 향해 숨결을 끼얹곤 했다. 어떤 때는 허벅진 몸을 뒤틀면서 사춘기 짐승처럼 노골적인 모습을 보이기도 했다. 무엇보다도 주인 노파가 눈치를 채고 부르기 전까지는 절대 방에서 나가지 않았다. 그러나 그녀의 그런 태도가 진하면 진할수록 그녀에 대한 관심과 흥이 엷어졌고, 마음이 온통 하루꼬를 향했다. 하지만 서로 은근한 마음뿐. 쓰야꼬의 눈치를 살피며 그것을 표현할 수는 없었다. 결국, 십여 일 유숙하는 동안 쓰야꼬의 쐐기 때문에 세 사람의 관계는 세 귀를 실로 팽팽하게 얽은 것과도 같이 움직이지도 아니하고 발전도 없는 균등하게 긴장된 관계가 되고 말았다. 마치 이등변삼각형처럼. 이등변삼각형의 절정에 있는 나로서는 한쪽 실을 버티고, 한쪽 실을 늦출 수도 없었다. 단정한 삼각형이 이지러지면 좋지 못한 결과를 일으키지 않을까 걱정되었기 때문이다. 나의 감정과 이지를 주장하여서는 안 되었다. 그러므로 모처럼 두 개의 사과를 앞에 놓고도 정지된 연애 풍경이 될 수밖에 없었다.

두 사람의 고향 이야기, 일신상 형편 이야기를 들은 후였으니, 아마 이튿날이었나 보다. 밤늦게 잠자리에 눕는데, 두 사람이 일제히 달려들었다. 쓰야꼬의 제의였는지 두 사람이 한꺼번에 이불 속으로 들어와 한쪽에 한 사람씩 양편에 누운 것이다. 하루꼬는 생리적 변화 탓인지 고요하고 점잖았으나, 쓰야고는 말괄량이처럼 껑충대면서 장난을 쳤다. 벗은 몸을 간질이고 문지르며 어린아이처럼 가댁질(아이들이 서로 잡으려고 쫓고, 이리저리 피해 달아나며 뛰노는 장난)을 쳤다. 나는 어느 편으로 돌아누워야 할지 몰라 똑바로 누운 채 천장만 쳐다보았다. 그리고 주인 노파가 두 사람을 불러갈 때까지 두 손을 한 사람에게 한편씩 준 채 부처님 같은 고집으로 똑바로 누워 있을 수밖에 없었다.

한번은 목욕탕에 갈 때였다. 하루꼬가 수건을 들고 층층대(계단)로 된 복도를 따라 내려왔다. 옷 벗는 데까지 따라 들어온 그녀는 함께 목욕탕에 들어가서 내 등을 밀어주기를 주장하였다. 그러나 나는 그것을 거절하지 않을 수 없었다. 쓰야꼬의 눈치도 눈치지만 삐쩍 여윈 내 전신을 그녀에게 보이기 싫었기 때문이다. 하기는 이러한 소극적인 태도가 안전하기는 했다. 무엇보다도 나의 건강에 안전하였고, 두 여자의 정의(情誼, 서로 사귀어 친하여진 정)에도 안전하였다. 그렇다고는 해도 두 여자의 서로 경계하는 듯한 게염스러운(보기에 부러워하며 시샘하여 탐내는 마음이 있음) 눈빛은 여전히 잊을 수 없다.

며칠 후, 마을 운동회라고 아침부터 여관이 떠들썩하였다. 새 옷을 갈아입고 들뜬 쓰야꼬는 많은 상을 타오겠다며 언명(言明, 말이나 글로써 의사나 태도를 똑똑히 나타냄)하였다.

운동회는 시냇물 건너 언덕 뒤 솔밭 속에서 거행되었다. 낮쯤 되어서 나는 운동회를 구경하기 위해 시냇물의 외나무다리를 건넜다. 오목한 솔밭에 마을 사람이 남녀노소 백여 명쯤 모였을까. 나는 뛰기 싫어하는 하루꼬와 함께 풀밭 위에 앉아 운동회를 지켜보았다. 쓰야꼬는 번번이 일등상을 탔다. 그녀는 여관방에서 내가 권하는 맥주를 사양하지 않고 들이키듯이 씨근씨근하고, 남을 밀치고도 돌아보는 법 없이 잘 달렸다.

운동회가 반쯤 진행되었을 무렵, 하루꼬는 보고만 있기가 멋쩍었는지 나의 손을 붙잡고 일어섰다. 우리는 쓰야꼬를 남겨둔 채 돌밭을 거쳐 마을로 돌아왔다. 그러나 여관에 와서 옷을 갈아입고 기분을 가다듬을 때, 어느 틈에 쓰야꼬가 씨근거리며 쫓아와서 두 사람 틈에 끼었다. 쓰야꼬는 운동회에서 상품으로 탄 수건과 화장품 같은 상품을 자랑하면서 약빠른 눈치로 하루꼬와 나를 관찰하였다. 이렇듯 우리 세 사람 사이는 심히도 열없고 겸연쩍은 것이었다.

하루는 신문과 잡지에도 싫증이 나서 날이 흐린 것도 살피지 않고 조금 멀리 산책을 나섰다. 그러자 하루꼬와 쓰야꼬 역시 동행을 자청하였다. 일신(一身, 온몸)에 모이는 마을 사람들의 시선이 귀찮고 불편하기는 하였으나, 나는 그들의 요청을 흔쾌히 승낙했다.

우리는 마을을 지나 산모퉁이를 돌아서 깊은 골속으로 들어갔다. 담담한 심경으로 자연 풍경을 관상(觀賞, 동식물 따위를 보면서 즐김)하려던 내 마음은 다시 인간관계로 돌아와서 앞서거니 뒤서거니 하는 두 여자의 태도와 마음속을 관찰하고 살폈다.

양코스키(러시아 사람)의 별장지대를 지날 때 밭 가운데서 일하던 러시아 청년이 흘금흘금 우리를 바라보았다. 그 지대를 훨씬 지나 산비탈이 높게 솟은 험한 낭떠러지 밑을 걸어 그윽한 산 모양과 맑은 물소리를 들으면서 거의 십 리가량 산속으로 들어갔을 때 흐린 하늘은 기어코 비를 뿌리기 시작하였다. 시원하게 솔솔 내리는 비는 도저히 쉽게 그칠 것 같지 않았다. 하는 수 없이 발길을 돌려 뛰어 내려오다가 언덕 위 조그만

초가 처마 밑에 들어가서 비를 피했다. 길은 멀고 — 별안간 비가 오고 — 마음이 없지 않은 여자가 있고 — 으슥한 초가조차 있는데 — 소설적 조건은 온전히 갖춰져 있으나, 나열된 소재뿐, 관계는 그 이상 더 발전할 수 없었다. — 사람이 셋이었기 때문이다. 이때도 역시 나는 이등변삼각형의 꼭대기에서 두 여자를 점잖게 내려다볼 뿐이었다. 정지된 연애풍경이었다. 나의 욕망이 그다지 날카롭지 않았던 탓도 있었겠지만, 온천을 떠날 때까지 십여 일의 여유가 있으면서도 여전히 미적지근한 관계 그뿐이었다.

온천에 묵는 마지막 날, 하루꼬는 세 사람이 함께 사진 찍기를 원하였다. 그러나 마침 마을에는 사진사가 없었다. 그러자 내게 서울에 가는 대로 독사진을 부쳐 달라고 간청하였다. 나는 그 부탁을 거절할 수 없었다. 그러나 두 사람에게 똑같이 사진과 편지를 보내지 않으면 안 되겠기에 시침을 떼고 아무에게도 보내지 않았다.

떠나는 날, 새 손님이 들어 여관이 몹시 바쁠 텐데도, 두 사람은 이십 리나 되는 정거장까지 나를 전송하기를 자청하였다. 그러나 수중의 돈이 다 떨어진 탓에 그간의 수고에 대한 사례도 넉넉히 할 수 없음이 미안해서 두 사람의 청을 굳게 사절하고 차에 올랐다. 그런데 어느 틈에 몰래 차표를 사서 양쪽 곁에서 문을 열고 들어오는 것이 아닌가. 끝까지 변함없는 나에 대한 그들의 진한 애정에 나는 여러 번 감사의 말을 전했다.

공교롭게 자동차 안에는 우리 세 사람뿐이었다. 두 사람과 함께 일렬로 뽀듯이(빈틈없이 나란히) 앉은 나는 마지막으로 두 사람에게 보내는 균등

한 애정의 표현으로 될 수 있는 대로 육체의 접촉면을 넓게 하여 필요 이상으로 몸을 흔들고 문지르며, 거들거들(거만스럽게 잘난 체하며 버릇없이 자꾸 구는 모양) 이야기하고, 뒤슬뒤슬(되지 못하게 건방진 태도로 행동하는 모양) 웃곤 하였다. 움직이는 풍경이며, 상쾌한 바람이 심히도 유쾌한 드라이브였다.

주을역 플랫폼에 우줄우줄(몸이 큰 사람이나 짐승이 가볍게 율동적으로 자꾸 움직이는 모양)하고 걷는 많은 사람의 시선이 일제히 나를 향해 쏠렸다. 이런 경우의 행운아는 거북스럽기 그지없다. 나는 멋쩍어서(어색하고 쑥스러움) 두 사람과 정답게 이야기하기보다는 항구로 나가는 양코스키의 일족인 듯한 러시아 미인의 초조한 자태를 쳐다보았다.

내가 탄 차가 떠날 때 두 여인이 이별의 눈물을 흘렸는지 어쨌는지는 차창으로 확실히 알 수 없었다. 그러나 차가 멀어질 때까지 오래도록 손을 흔들고서 있었던 것만은 저무는 공기 속에서도 희끔히 볼 수 있었다.

이러한 이등변삼각형의 경우를 사람들은 어떻게 처리하는지 모르겠으나, 그때의 나로서는 그렇게밖에 처리할 수 없었다. 그런고로 이 종류의 로맨스는 내가 즐기는 바가 아니다. 될 수 있다면 단 한 사람과 진득하고 면면한(끊어지지 않고 죽 잇따라 있음) 로맨스를 갖고 싶다. 이런 로맨스도 앞으로 차차 경험하게 되겠지. 병상에서 금방 일어난 지금의 나의 소원은 속히 건강이 왕성해져야 할 것, 좋은 글을 많이 써야 할 것, 또 한 가지 사치한 생각인지는 모르겠으나 가지가지의 로맨스를 많이많이 가져야 할 것—이 세 가지다.

—1934년 9월 《월간매신》

사랑하는 까닭에

_이효석

××에게 보내는 글발, 순정의 편지

번번이 잘도 끊어지는 기타의 높은 E 선을 새로 갈고 메르츠(Johann
Kasper Mertz, 세계적인 기타 연주자)의 〈바르카롤(barcarolle, 이탈리아 베네치아의 곤돌라
사공의 노래)〉을 익혀 갈 때 한 소절 한 소절에 열정이 담기고, E 선은 간장을
녹일 듯한 애끓는 멜로디를 지어 갑니다. 나는 그 멜로디 속에 아름다운
뱃노래를 듣는 것이 아니라 항상 고요한 정경을 그리고 그대의 환영을
그려보곤 하오.

그러나 이상스러운 것은 가장 잘 기억하고 있어야 할 그대의 얼굴이
아무리 애써도 생각나지 않을 때가 있다는 것이오. 애쓰면 애쓸수록, 마
치 익히지 못한 곡조와도 같이 얼굴의 모습이 조각조각 부서져 마음속에
이지러져 버려 — 문득 눈망울이 똑똑히 솟아오르나, 코 맵시는 물에 풀

린 그림같이 흐려지고, 턱의 윤곽이 분명히 생각날 때 입의 표정이 끝까지 떠오르지 않는구려. 코·입·눈·이마·턱·귓불——이 모든 아름다운 것은 한군데 모여 똑똑히 조화되는 법 없이 장장이(하나하나의 낱장마다 빠짐없이) 날아 떨어진 꽃 판과도 같이 제각각 흩어져 심술궂게 나의 마음을 조롱하오. 흩어진 조각을 모아 기어코 아름다운 꿈의 탑을 쌓아 보려고 안타깝게 애쓰지만 이렇게 시작된 날은 이지러지기 시작하는 〈바르카롤〉의 곡조와도 같이 끝끝내 헛일일 뿐이오.

어여쁜 님이여! 심술궂은 얼굴이여! 나는 짜증을 내며 악기를 던지고 창기슭을 기어드는 우거진 겨우살이를 바라보거나 뜰에 나가 화초 사이를 거닐면서 톡톡히 복수할 방법을 생각하오. 이번에 만날 때는 한시라도 그대를 내 곁에서 떠나게 하나 보지. 하루면 스물네 시간, 이야기를 나눌 때나, 책을 읽을 때나, 풀밭에 앉아 생각에 잠길 때나, 내 눈은 다만 그대의 얼굴을 위하여 생긴 것인 듯 그대의 얼굴에서 잠시라도 시선을 옮기나 보지. 한 점 한 줄의 윤곽을 끌로 마음 벽에 새겨놓거든 그것이 유일한 복수의 방법이라고 생각하니 말이오.

화단의 꽃이 한창 아름다운 게 여름도 아마 거의 끝나나 보오. 올해는 그리운 바다에도, 산에도 가지 못하고 무더운 거리에서 결국 한여름을 다 지나게 되었구려.

화단에 조개껍데기가 없으니 바닷 소리를 들을 수 없고, 뜰에 사시나무가 없으니 산속의 숨결 또한 느낄 수 없지만, 그대를 그리워하는 괴로움에 비하면 그런 무료함은 얼마든지 견딜 수 있소.

그러나 가을. 다가오는 가을! 아름답게 빛나면서도 안타깝게 뼈를 찌르는 가을! 새어드는 가을과 함께 그대를 그리워하는 회포가 얼마나 나의 간장을 찌를지 나는 겁내는 것이요. 물드는 나뭇잎도 요란한 벌레 소리도 그대의 자태가 내 곁에 없고서야 무슨 소용이 있겠소. 나는 그대를 생각지 않고 자연을 그리워한 적은 한 번도 없었소. 벌레 소리 그친 찬 새벽 침대 위에서 눈을 뜬 채 나는 필연코 울 것이요. 자칫하다가는 어린애 같이 엉엉 울 것이요. 이 큰 어린아이를 달래줄 어머니는 세상에 없을 법하오. 사랑은 만족을 모르는 바닷속과도 같다고나 할까.

　가령, 나는 진달래꽃을 잘강잘강 씹듯이 그대를 먹어 버린다고 하여도 오히려 차지 못할 것이며, 사랑은 안타깝고, 아름답고, 슬픈 것—아름다우니까 슬픈 것—슬프리만치 아름다운 것입니다. 내가 우는 것은 그 아름다운 정을 못 잊어서지요. 사랑 앞에 목숨이란 다 무엇하자는 것일까. 희망과 야심과 계획의 감격이 일찍이 사랑의 감동을 넘은 때가 있었던가. 사랑 때문이라면 이 몸이 타서 재가 된다고 해도 겁이 나지 않소. 아니 차라리 그것을 원하오.

　사랑하는 님이여! 나를 태우소서! 깨트리소서! 와싹 부숴버리소서! 아, 그 순간 나는 얼마나 아름답게 빛날 것인가. 흩어지는 불꽃같이, 사라지는 곡조같이 아름다운 것이 또 어디 있겠소? 그 특권의 노예 됨이 내게는 도리어 영광이요.

　사랑을 말할 때 수백 마디인들 충분하겠소? 수천 줄인들 많다 하겠소? 고금(古今, 예전과 지금을 아울러 이르는 말)의 시인의 노래를 다 모아

봐야 그대를 표현하고 내 회포를 아뢰기에는 오히려 부족한 것을 어찌하겠소. 나는 다만 잠자코 그대를 생각하는 수밖에 없소. 생각하고, 꿈꾸고—이것이 지금 나의 단 하나의 사랑의 길인 것이오. 이 뜨거운 생각의 숨결은 부지불식간에 허공을 날아가 스스로 그대의 가슴을 덥히고 불붙일 것이오.

이 밤도 나는 촛불을 돋우고 한결같이 님을 생각하려 하오. 초가 진하면 다른 가락을 켜고 마저 진하면 창을 열고 달빛을 받지요. 그대를 생각할 때만은 나는 끈기 있게 책상 앞에 몇 시간이든지 잠자코 앉아 있을 수 있는 재주를 가졌소. 아무것도 하는 법 없이 바보같이, 돌부처같이 말 한마디 없이 똑같은 모습으로 언제까지든지 앉았을 수 있소. 나는 언제부터 이 놀라운 재주를 배웠는지도 모르오. 가난은 하나 세상에서 따를 사람 없을 이 놀라운 재주를!

날이 청명한 것이 오늘 밤에는 벌레 소리가 어지간히 요란할 것 같소.

가슴속이 한층 어지러워질 것이나 그대를 향한 생각의 열정은 공중으로 달아나는 외줄의 쇠줄과도 같이 곧고 강하고 줄기찰 것이요.

생각에 지쳐 자리에 쓰러지면 부드러운 달빛이 온통 내 전신을 적셔줄 것이니, 부디 님이여 달빛을 타고 이 밤에 내 꿈속에 숨어드소서. 그대의 날개가 자유롭게 들어올 수 있도록 나는 벽마다 창을 모두 활짝 열어젖히리라.

뜰 앞에는 장미가 흔하니 가시에 주의하시오. 꿈속에서 붉은 피를 본다면 얼마나 놀라겠소. 내 기겁을 하고 눈을 뜰 것을 생각해보시오.

답장은 길고 두툼하게. 우표를 두 장, 석 장 붙이도록—우표를 한 장만 달랑 붙이는 사랑의 편지란 세상에 다시 없는 웃음거리일 테니 말이오.

다음 편지까지 부디 안녕히 계시오. 편지와 함께 이 눈물을 동봉(同封, 두 가지 이상을 같은 곳에 넣거나 싸서 봉함)하리다. 아무 이유도 없는, 다만 아름다운 이 눈물을.

—1936년 10월《여성》

* '연애적 모험성이 있고, 눈자위에 윤택이 흐르며, 응시하는 초점이 확실하지 못하여 나를 노리는지 혹은 내 등 뒤 죽은 석고상을 바라보는지 분간할 수 없는 그런 여인, 루날의 뿌랑슈급의 여인……'

이효석이 그리던 여인상이다. 그는 자칭 로맨티시스트이자 연애지상주의자였다. 그래서인지 멋쟁이 아가씨들과의 달콤한 로맨스를 항상 꿈꾸었고, 실제로 이를 실현하고자 뭇 여인들과 수많은 데이트를 즐기기도 했다. 이에 그의 친구들은 그의 그런 행동을 못마땅하게 여기곤 했는데, 그런 친구들을 향해 그는 이렇게 이야기했다고 한다.

"애정만 있다면 그뿐 아닌가? 그 밖에 우리가 더 생각할 것이 무엇이란 말인가?"

그만큼 그는 삶에 있어 '사랑'을 최고의 의미로 내세우던 애정 지상주의자였다.

사랑의 판도

__**이효석**

   사랑의 판도는 대체 얼마나 넓어야 하는지 마치 독재자가 세계지도를 잠식해 들어가면서 몰릴 줄 모르듯이 사람 역시 애욕의 포화(飽和, 더 이상의 양을 수용할수없이 가득 참)를 모르고 마는 것이 아닐까.

   수평 뜰 안의 단란(團欒, 즐겁고 화목함)을 알뜰히 지키는지만, 세상일에 대해서는 무지한 사내가 있다. 나는 그런 사내를 존경하고 부러워한다. 그들 부부 사이에 참으로 짙은 사랑이 흐를 때 그 좁은 영토의 권내(圈內, 구역)처럼 행복스런 곳이 또 어디 있으랴. 그러나 세상에는 참다운 사랑이라고 할 만한 경우가 드문 것이 사실이요, 사람들 역시 사랑이 아닌 것을 사랑이라고 착각하는 경우가 많다.

   사람이 평생에 꼭 한 사람만을 사랑해야 하는 것이 옳은지 어쩐지는 각각 나라와 경전, 습속을 따라 다를 것이외다. 하지만 육체적으로나 정신적으로 사람처럼 커다란 자유를 갈망하는 것도 없다. 그러니 양팔에 사랑을 안고 다시 한눈을 팔게 된다고 해도 막을 수 없는 노릇이다. 태곳적에 갈라진 각 개체의 분신들은 현대에 이르러 그 수가 무한히 늘어난 까닭에 혼돈 속에서 착각에 빠지고 만 것이다. 이는 단원체(單元體, 하나의 원자로 이루어진 물건)를 이원(二元)으로 갈라놓은 제우스의 실수였다.

지난날 사랑의 행장을 차례차례 더듬어 볼 때, 나는 참회의 의식 없이는 그것을 도저히 생각할 수가 없다. 첫째, 나 자신에 대한 참회요, 둘째, 먼저 가버린 아내에게 대한 참회다. 유독 아내에게만은 허물이 컸음을 얼마나 뉘우치면 다 뉘우칠 수 있을까. 아내를 사랑하지 않았던 것은 아니다. 그러나 아내가 나를 사랑했던 것의 10분지 1도 갚아주지 못했음이 부끄럽다.

아내는 왜 그리도 나를 끔찍하게 여겼을까. 오매지간(悟寐之間, 깨어 있을 때나 자고 있을 때, 즉 언제나)에 한시라도 내 건강을 걱정해주고, 나를 기쁘게 해주려고 노력하지 않은 시간이 없었다. 무슨 술기에라도 걸린 것처럼 일률적이고, 헌신적이었으며, 희생적이었다. 나는 그 행복을 때로는 도리어 휘답답하게 여기면서 그의 놀라운 심조(心操, 마음의 지조)를 속으로 두렵게 여기고 공경했다. 그러면서도 한편으로는 마음의 주락(酒落, 세련됨)한 자유를 구해 마지않았다. 욕심 많고 믿음직하지 못한 남편이었던 것이다. 하늘에 부끄럽고, 땅에 부끄럽다.

사랑에 관한 한 나는 두꺼운 참회록을 써야 할 것이다. 그러나 그것을 할 수 있을지 없을지는 의문이다. 한 구절도 빼지 않고 진실을 말하기가 어렵기 때문이다. 또한 누구나 할 수 있을 만큼 그리 쉬운 것도 아니다. 루소에게도 그것은 어려웠다고 하니까.

나는 그것을 모두 사랑이라고는 생각하지 않는다. 사랑인 경우도 있었고, 사랑이 아닌 경우도 있었다. 예를 들면, 돈황의 경우는 사랑이 아니라 방랑이었다. 단테와 베아트리체, 로미오와 줄리엣 ─ 그런 경우만이 참으로 사랑이다. 그렇다. 다섯 손가락을 꼽아도 남는 경우 ─ 그것 모두가 반드시 사랑은 아니다. 그렇기 때문에 뉘우침이 있는 것이리라.

아내는 생전에 가끔 내게 이렇게 묻곤 했다.

"당신이 생각하는 이상(理想, 생각할 수 있는 범위 안에서 가장 완전하다고 여겨지는 것)적인 여자란 대체 어떤 여자예요?"

하지만 나는 아내에게서 내 이상의 대부분 구현(具現, 어떤 내용이 구체적인 사실로 나타나게 함)을 보고 있었다. 육체적으로나, 지적으로나 아내에게 필적할 만한 여자는 그리 쉽게 눈에 띄지 않았기 때문이다. 이것은 나의 마음의 자랑거리 중 하나였다. 그러나 사랑에 부질없이 이상만을 찾는 것도 여학교 졸업생의 설문 답안 같아서 신선미 없는 노릇이다. 나는 아내에게서 충분히 내 이상을 가지면서도 그에게 말하지 못한 가지가지의 비밀을 가지고 있었다. 그 비밀을 결국 모른 채 아내는 갔다. 생각할수록 뼈가 아프다.

"착한 사람은 일찍 가는 법이에요."

마지막 무렵, 아내는 모든 것을 예상했던지 병실 침대에서 여러 차례 이 말을 되풀이했다. 참으로 착했던 까닭에, 너무도 단순했던 까닭에 일찍 갔는지도 모른다. 반대로 악한 까닭에 나는 남은 것이다.—이렇게 생각하는 것이 지금 내게는 가장 마음 편한 노릇이다.

그러나 이만한 정도의 참회로야 아내의 영(靈, 영혼)을 도저히 위로할 수는 없다. 언제면 충분한 고백의 날이 올는지, 그날을 기다리는 수밖에는 없는 걸일까.

—1941년 11월 《춘추》

* 이효석은 스물네 살 되던 해 여섯 살 연하의 미술 교사 이경원을 만나 결혼하게 된다. 낭만적이고, 서로에 대한 사랑으로 가득했던 두 사람의 결혼 생활은 곧 주위 사람들로부터 큰 부러움을 산다. 하지만 그것도 잠시. 1940년 그는 부인과 차남을 한꺼번에 잃는 불운을 겪게 된다. 당시 그가 소설가이자 언론인이었던 장덕조에게 보낸 편지를 보면 그 충격과 슬픔이 어느 정도였는지 여실히 엿볼 수 있다.

"언제나 사람이 죄악에서 구원될까—가 아니라 고독에서 구원될까—하는 것이 제게는 하나의 종교적인 초려가 됩니다. 참으로 쓸쓸해서 못 견디겠습니다."

아내와 아이를 잃은 그의 슬픔이 절절하게 느껴진다. 그래서일까. 그 역시 그 후 건강을 해친 나머지 작품 활동을 활발하게 하지 못하다가 1942년 5월 25일 뇌척수막염으로 세상을 떠나고 말았다. 그때 그의 나이 서른다섯이었다.

동해의 여인(麗人)

__이효석

그녀는 동해의 정기를 혼자만 타고난 듯이 맑은 여인(麗人, 얼굴이 고운 여자)이었다. 시절의 탓도 있었을까.

북방의 이른 봄은 애잔하고 엷은 감촉을 준다. 그래서일까. 그녀 역시 애잔하고 부드러운 느낌을 주었다. 심홍(深紅, 짙은 다홍빛) 저고리와 검은 치마의 조화가 할미꽃의 그윽한 색조와도 같았다 그 빛깔을 받아 얼굴도 불그레한 반영(反映, 빛이 반사하여 비침)을 띠었다. 그 모든 것이 독특한 아름다운 인상을 주었다. 눈망울의 초점은 명확하기는 하지만 망연(茫然, 아무 생각 없이 멍함)했다. 개물(個物, 개개의 사물)을 보는 눈이 아닌 꿈을 보는 눈인 듯했다.

그녀의 미(美)는 맺힌 점의 미가 아니오, 흩어진 구름의 미다. 이지미(理智美, 이성과 지혜를 갖춘 미적 태도)라는 것이 있다면 그녀의 미는 낭만미(浪漫美,

매우 감성적이고 이상적으로 사물을 파악하는 미적 태도)라고나 할까.

중세의 재현. 사실 그녀는 드물게 보이는 — 몇 세기를 뛰어넘어야 볼 수 있는 희귀한 여인으로, 중세의 왕비를 대신하는 현세의 여교원(女敎員)이었다. 근심 없는 여교원은 없을 테니, 여인의 무비(無比, 매우 뛰어나서 비길 데가 없음)의 홍안(紅顏, 젊어서 혈색이 좋은 얼굴)은 근심의 빛이리라. 아마 가슴속에 병마가 근실거리는 것이리라. 참으로 가엾은 일이다. (이야기는 여기서부터 시작되어야 할 것이다)

여인에게도 속사(俗事, 일상생활에서의 번거로운 일)가 많은 듯하다. 장성한 애제(愛弟)를 데리고 학교에 입학시키러 왔다가 미치지 못하는 재주로 인해 낙망의 결과를 가지고 돌아갔다. 홍안이 더욱 근심에 흐렸을 것이 가엾다. 여인의 속루(俗累, 세상살이에 연관된 너저분한 일)만은 여의(如意, 일이 뜻대로 됨)의 해결을 줌이 인류의 공덕일 것 같다. 그의 불여의(不如意, 일이 뜻대로 되지 않음)를 마음 아프게 여겼다—

이것은 구화(構話, 꾸민 이야기)가 아니고 실화다. 실화란 항용(恒用, 흔히 늘) 이야기 값에 못 가는 법이다. 그러나 여인의 구화를 애써 꾸미느니보다는 차라리 그와의 현실의 이야기를 가질 수 있으면 다행이라고 생각하였다. 그만큼 그녀는 반생(半生, 한평생의 반)의 기억 중 최상의 여인이었다. 외람(猥濫, 행동이나 생각이 분수에 지나침)된 생각은 나의 죄가 아니다.

그녀의 성도 이름도 모름이 도리어 다행이다. '권(權)'이니 '피(皮)'니 라는 말을 들었을 때의 환멸 때문이다. 그러니 차라리 이름을 모르는 것이 행복스럽다. '복금(福今)'이나 '봉이(鳳伊)'라는 말을 들었을 때의 비애를 즐기지 않아도 되기 때문이다.

　현실과 거리가 먼 그녀는 그러는 동안 꿈속의 사람이 되고 말았다. 꿈속에서 이모저모 빚는 마음 — 역시 소설을 만들려는 마음 이외의 아무것도 아닌 듯싶다. 결국, 여인은 소설의 대상인 것이다.

　우선, 그녀의 소설은 슬퍼야 할 것이다. 애잔한 홍안이 그것을 암시한다. 둘째 여교원이 아니어야 할 것이다. 세상에 여교원처럼 소설심을 자극하지 못하는 산문적 존재도 없기 때문이다. (소설 자체는 산문이나 그것을 벗는 정신은 시인의 것이다) 셋째 데설데설(성질이 털털하여 꼼꼼하지 못한 모양) 웃지 말아야 할 것이다. 여인의 웃음은 향기와도 같이 미묘한 것이어서 벌리는 입의 각도가 조금 빗나가도 시심(詩心)을 상하게 하기 때문이다. 넷째 노래를 잊고 침묵해야 할 것이다. 서투른 노래란 마음의 은근성(慇懃性, 야단스럽지 않고 꾸준한 성품)을 도리어 천박하게 하기 때문이다. 반대로 돌같이 침묵할 때 마음의 심연(深淵, 깊은 수렁)은 더욱 깊어지는 법이다. 다섯째……

　그러고 보니 꿈속에서 자라는 동안 마음의 여인은 자꾸만 이상화하여 가는 것 같다. 인물의 성격이 유형화(類型化, 성질이나 특징 따위가 공통적인 것끼리 묶은 하나의 틀. 또는 그 틀에 속하는 것)만 되지 않는다면 이것은 굳이 불행한 일은 아니다. 결국, 여인의 운명은 비(譬)하면 '마그리트(벨기에 출신의 초현실주의 화가)'의 경우와도 흡사했으면 한다. 거기에 홍안 여인의 완전한 표현이 있을 듯싶다. 굳이 비운과 박명을 원함은 작가의 불행한 악마적 근성이라고도 할까.

잃어버린 여주인공이 아닌 새로 얻은 여주인공이며, 소설이 되다만 이야기가 아닌 소설이 되려는 이야기다. 하기는 (실상 말하자면) 지금 현재는 잃어버린 여주인공이요, 소설이 되다만 이야기인지도 모른다.

—1936년 7월 《신동아》

소녀는 그만 갈팡질팡하기 시작하였다.

단발(斷髮)

_이 상

    그는 쓸데없이 자신이 애정의 심부름꾼인 것을 자랑하려 들었다. 그러지 않고서는 참을 수 없는 모양이었다. 이에 공연히 서먹서먹하게 굴었다. 그렇게 함으로써 자신의 불행에 고귀한 탈을 씌워놓은 채 늘 인생에 한눈을 팔고 있는 듯했다. 그런데 그만한 소녀와 천변(川邊)을 걷다가 애욕을 내뱉고 말았다. 여기에는 그의 음란한 충동 외에는 다른 아무런 이유가 없었다. 그러나 소녀는 그의 강렬한 체취와 악의의 태만에 역설적인 흥미를 느끼는 듯했고, 아무 거리낌 없이 그의 애정을 용납하고 말았다. 그러자 그는 곧 후회하였다. 그래서 이중의 역어를 구사하여 동물적인 애정의 말을 거침없이 소녀 앞에 다시 쏟고 말았다. 그러면서도 그의 육체와 그 부속품은 이상스러울 만큼 게을렀다.

    소녀는 그만 갈팡질팡하기 시작하였다. 그리고 남자를 천하게 대하기 시작하였다. 그랬더니 그는 또 '옳지'하고 카멜레온처럼 다시 태도를 바꾸며, "어서 빨리 애인이 생기기를 바란다."는 등 스스럼없이 굴었다. 하지만 소녀의 눈은 그의 거짓된 말과 표정을 절대 놓치지 않았다.

투시(透視)한 소녀의 눈이 오만을 장치하기 시작하였다. 소녀는 빙그레 웃었다.

"세상 사람들이 모두 연(衍) 씨를 욕하니, 제가 고쳐 드리지요. 정말 나쁜 사람일지도 모르니까요."

소녀의 말에 그는 가슴이 뜨끔했다. 그냥 코웃음으로 대접할 일이 아니었다. 왜? 사실 그는 사람들에게 욕을 먹고 있는 것도 아닐뿐더러 악인도 아니었다.

그러나 그라고 해서 소녀에게 자그마한 욕구가 없는 것은 아니었다. 아니, 차라리 이것은 한 무적 '에고이스트(egoist, 이기주의자)'가 할 수 있는 최대한의 욕구였는지도 모른다.

그는 결코 하수(下手, 자살) 할 수 있는 진짜 염세주의자는 아니었다. 그의 체취처럼 그의 몸뚱이에 붙어 다니는 염세주의라는 것은 어디까지나 게으른 성격 탓이었다. 더욱이 다른 사람의 염세주의 역시 우습게 아는 고약한 아리아욕(我利我慾, 자신의 잇속과 만족만을 챙기는 것)을 지니고 있었다.

죽음은 식전의 담배 한 모금보다도 쉽다. 그렇건만 죽음은 결코 그의 창호(窓戶)를 두드릴 리가 없으리라고 미리 넘겨짚고 있는 그였다. 다만, 하나 예외가 있음을 인정한다.

A double suicide(한 쌍의 자살, 즉 정사).

하지만 그것은 결코 애정의 방해를 받아서는 안 된다는 조건이 붙는다. 다만, 아무것도 이해하지 말고 서로서로 '스프링보드' 노릇만 하는 것으로 충분히 이용할 것을 희망한다. 그들은 또 유서를 쓰겠지. 그것은 아마 힘써 화려한 애정과 염세의 문자로 가득 차도록 하는 것인가 보다.

이렇게 세상을 속이고 자신을 속임으로써 본연의 자신을 고귀하게 꾸미자는 것이다. 그러나 가뜩이나 애정이라는 것에 서먹서먹하게 굴며 살아온 그에게 그런 기회가 올 것 같지도 않다. 그런데 뜻밖에 그가 소녀에게 가지는 감정 가운데 좀 세속적인 애정에 가까운 요소가 섞인 것을 알아차리자 그 때문에 몹시 자존심이 상하지나 않았나 하고 위구(危懼, 염려하고 두려워함)하고 또 쩔쩔매었다. 이에 무리인 줄 알면서도 노름하는 셈 치고 소녀에게 'double suicide'를 프러포즈해 본 것이었다. 즉, 되어도 그만 안 되어도 그만인 것이다. 되면 식전의 담배 한 모금이요, 안 되면 소녀를 회피하는 구실을 내외에 선고할 수 있지 않으냐는 것이다.

너무 어두운 속에서 조인된 일이라 소녀가 어떤 표정을 하고 있는지는 자세히 볼 수 없었다. 그러나 그는 항상 태연한 이 소녀를 마음껏 놀려먹을 수 있을 것 같아서 몹시 통쾌했다. 그런데 나온 패(牌)는 역시 '노'였다. 그는 후―한번 한숨을 내쉬었다. 그리고 아무 말 없이 몸짓으로만,

"혼자 죽을 수 있는 수양을 하지."

이렇게 한 번 튕겨 보았다. 그러나 이것 역시 새빨간 거짓말이었다.

황량한 방풍림(防風林, 강한 바람을 막으려고 가꾼 숲) 가운데 저녁노을을 멀거니 바라보며 서 있는 소녀의 모습이 퍽 애처로웠다.

늦가을이라기보다는 초겨울에 가까운 날이었다. 강 너머로 부첩(符牒, 암호 또는 기호)과 같은 검은빛 새들이 떼를 지어 날았다. 하지만 발아래 낙엽 속에서는 생물이랄 만한 생물을 찾아볼 수 없었다. 참 적멸의 인외경(人外境, 사람이 살지 않는 곳)이었다.

"싫습니다. 불행을 짊어지고 살아가는 것이 제게는 더없는 매력입니다. 그렇게 버리고 싶은 생명이거든 제게 좀 빌려주시지요."

연애보다도 한 구(句)의 위티시즘(witticism, 경구)을 더 좋아하는 그였다. 그런 그가 이때만큼은 자칫하면 풍경에 패배할 것 같아서 갈팡질팡 그 자리를 피하고 말았다.

소녀는 그때부터 그를 경멸하기보다는 염오(厭惡, 마음으로부터 싫어하여 미워함)했다. 이에 소녀의 침착한 재능의 창(槍)끝이 걸핏하면 그를 침략했다.

5월이 되어 돌발사건 하나가 이들에게 일어났다. 소녀의 단 하나밖에 없는 친구의 오빠가 소녀를 떠난 것이다. 소녀보다 훨씬 더 아름다운 애인이 생겼기 때문이다. 그녀 역시 그녀의 친구 중 하나였다.

사실 그녀는 오빠에게 하루라도 빨리 애인이 생겼으면 하고 바랐다. 그런데 그것이 자신의 친구일 줄이야. 그렇다고 해서 오빠가 동생과의 굳은 약속을 저버릴 줄은 꿈에도 몰랐다.

소녀는 비로소 '세월'이라는 것을 느꼈다. 세월이 소녀의 방심을 어느 결에 통과해 버린 것이다.

고독―그러던 어느 날 밤, 소녀는 혼자서 눈물을 흘렸다. 깜짝 놀라서 얼른 울음을 그치기는 했지만 소녀는 자신의 어휘로 이를 설명할 수 없었다.

이튿날 소녀는 교외에 있는 조용한 방에서 그와 마주 앉았다. 그는 예의 그 '위티시즘'과 '아이러니'를 아무렇게나 마구 휘두르며 산비(酸鼻, 슬프거나 참혹하여 콧마루가 시큰한)할 연막을 폈다. 또 소녀가 가장 싫어하는 옷차림을 하고 넙죽 드러누워서 사정없이 지껄였다. 하지만 불필요한 감정 싸움을 더는 하고 싶지 않았다. 무엇보다도 피곤했기 때문이다. 사실 소녀는 그보다는 자기 자신에게 이기고 싶었다.

"이제 다시는 볼 수 없을 것 같아요. 내일 E와 함께 도쿄로 떠나요."

"그래? 섭섭하군. 그럼 오늘 밤에 기념 스탬프를 하나 찍기로 하지."

소녀는 고개를 위아래로 가볍게 흔들어 보였다. 상기한 탓도 있겠지만 아무리 생각해봐도 이것은 가장 동물적인 것 이외는 아무것도 아니었다.

마지막 승부를 가릴 때가 되었나 보다. 소녀는 갑자기 초조해졌다. 그리고 기다렸다.

오전 한 시가 훨씬 지난 시각, 두 사람은 달빛을 조용히 받으며 산길을 내려왔다.

어느 날 그는 이 길을 이렇게 내려오면서 삼 전 우표처럼 얄팍한 소녀의 입술에 그의 입술을 건드려 본 일이 있었다. 하지만 그것은 그저 입술이 서로 닿았을 뿐이지— 아니, 서로 음모를 내포한 암중모색이었다고 해도 과언이 아니다. 그리 부드럽지 않은 서로의 피부를 느꼈고, 공기와 입술의 따뜻한 맛은 이렇게 다르다는 사실을 알았을 뿐이므로.

이 밤 소녀는 그의 거친 행동이 몹시 기다려졌다. 이는 거의 역설적이었다. 안 만나기는 누가 안 만나—하고 조심조심 걷는 사이에 그만 산길이 끝나버렸기 때문이다.

소녀는 골목 밖으로 지나가는 자동차의 '헤드라이트'를 보고 차라리 자신이 서둘러 볼까라는 생각마저 했다. 웬일인지 그렇게 초조하게 굴던 그가 이때만큼은 바늘귀만 한 틈조차 보이지 않았기 때문이다.

그런데 그가 갑자기 잔소리를 늘어놓기 시작했다.

"가령, 자기가 제일 싫어하는 음식을 얼굴 한 번 찌푸리지 않고 먹는 것, 그래서 '맛'을 찾아내고야 마는 것, 이게 말하자면 '패러독스(Paradox, 역설)'지. 요컨대 우리는 숙명적으로 사상, 즉 중심이 있는 사상 생활을 할 수 없게 되어 먹었거든. 지성—흥, 지성의 힘으로 세상을 조롱할 수야 얼마든지 있지. 하지만 그게 그 사람의 생활을 '리드'할 수 있는 근본에 있을 힘이 되지 않는 걸 어떡해? 그러니까 선이나 나나 큰소리치지 말아야해. 일체 맹세하지 말자고 하는 게, 우리가 해야 할 맹세지."

소녀는 그만 속이 발끈 뒤집혔다. 이 싸움은 결코 여기서 그만둘 것이 아니라고 내심 분연하였다. 이따위 연막에 대항하려면 새롭고 효과적인 무기를 장만해야 할 듯했다.

이튿날 밤은 질척질척 비가 내렸다. 그 빗속을 그는 소녀의 오빠와 걷고 있었다.

"연! 이제 내 힘으로는 손을 댈 수가 없게 되고 말았어. 그러니까 네가 뒷마무리나 잘해줘. 아무래도 선이가 대단히 흥분한 모양인데—"

"그건 또 왜?"

"왜라니? 왜 또 딴청이야?"

"딴청을 피우다니. 내가 무슨 딴청을 피웠다고 그래?"

"정말 몰라서 물어?"

"뭘?"

"내가 E와 함께 도쿄에 간다는 거 몰라?"

"그걸 지네한테 듣기 전에 니가 어떻게 안단 말이야?"

"그러니까 선이는 갈 수 없게 된 거지. 선이 하고 E하고 했던 약속이 나 때문에 깨어졌으니까."

"그래서?"

"거기서부터는 자네 책임이지."

"흥!"

"내가 동생보다 애인을 더 사랑했다고 선이가 생각할까 봐 걱정이야."

"하는 수 없지."

선아— 오빠에게서 모든 이야기를 듣고 나는 참 깜짝 놀랐소. 오빠도 그러더군요— 운명을 억지로 거역하면 안 된다고. 나 역시 그렇게 생각하오.

나는 오랫동안 '세월'이라는 관념을 망각해왔소. 그런데 이번에 아주 오랜만에 세월의 무상함을 다시 한 번 알게 되었소. 매우 슬픈 일이오. 그러고 보면 세월을 이길 수 있는 사람은 이 세상에 없는 듯하오. 그러니 홍분하지 마시오.

아무쪼록 이제부터는 나를 믿어주기 바라오. 그 첫 선물로 함께 도쿄에 가기를 '프러포즈' 할까? 아니, 약속하지. 당신이 기뻐해 주지 않는다면 나는 나 혼자 힘으로 이것을 실현해 보이리다.

그럼 당신의 승낙을 기다리겠소.

그는 겸연쩍음을 참고 편지를 우체통에 넣었다. 자신이 생각하기에도 이런 협기(俠氣, 호방하고 의협심이 강한 기상)가 우스웠다. 내가 이 소녀를 건사한다? ― 당분간만 내게 의지하도록 해? ― 이렇게 수작을 해서 소녀가 듣나 안 듣나 보자는 것이었다.

얼마 후 답장이 왔다.

처음부터 이렇게 돼야 했지 않나요? 저는 지금 조금도 흥분하거나 하지는 않습니다. 이런 제가 연(衍)께 감사하다고 말씀드린다면 연께서는 역정을 내실까요? 그렇다면 그 기분만은 제 기분에서 빼기로 하지요.

연을 마음에 드는 좋은 교수로 하고, 저는 연의 유쾌한 강의를 듣기로 하겠습니다. 이 교실에서는 한 표독한 교수가 사나운 목소리로 무엇인가를 강의하고 있다는 것을 안 지는 오래지만, 그 문간에서 머뭇머뭇하면서 때때로 창틈으로 새어 나오는 교수의 '위티시즘'을 귓결에 들었다뿐이지, 차마 쑥 들어가지 못하고 오늘까지 왔습니다. 그렇지만 지금은 벌써 들어와 앉았습니다.

자—무서운 강의를 어서 시작해주십시오. 강의의 제목은 '애정의 문제'인가요? 아니면 '지성의 극치를 흘낏 들여다보는 이야기'인가요?

엊그제 연을 속였다고 너무 꾸지람은 말아주세요. 오빠의 비장한 출발을 같이 축복해줘야겠지요. 저는 결코 오빠를 야속하게 여긴다거나 하지 않아요. 애정을 계산하는 버릇은 미움받을 버릇이라고 생각하니까요. 참, 세월이오? 연께서 가르쳐 주서서 비로소 그 '세월'을 느꼈습니다. 세월? 좋군요—교수—제가 제 마음대로 교수를 사랑해도 좋지요? 안 되나요? 괜찮지요? 괜찮겠지요, 뭐?

단발(斷髮)했습니다. 이렇게도 흥분하지 않는 저 자신이 그냥 미웠기 때문입니다.

단발? 그는 다시 한 번 가슴이 뜨끔했다. 이 편지는 필시 소녀의 패배를 의미하는 것인데, 의논 한 번 없이 머리를 잘랐다니. 혹 이는 새로워진 소녀의 새로운 힘을 상징하는 것은 아닐까. 그런데 갑자기 눈물이 났다. 왜?

머리를 자를 때 소녀의 마음이 필시 제 마음 가운데 제 손으로 제 애인을 하나 만들어 놓고 그 애인이 저에게 머리를 자르도록 명령하게 한, 말하자면 소녀의 끝없는 고독이 소녀에게 일인이역을 시킨 것임이 틀림없었다.

소녀의 고독!

혹은 이 시합은 승부 없이 언제까지라도 계속되려나—이렇게도 생각이 들었고—그것보다도 싹둑 자르고 난 소녀의 얼굴—몸 전체에서 뿜어져 나오는 인상은 과연 어떨지 궁금했다. 차라리 그것이 그에게는 훨씬 더 흥미 있는 일이었다.

—1939년 4월 《조선문학》 17권

* 이상의 작품 〈봉별기〉는 그가 스물세 살 때 요양차 갔던 황해도 백천 온천에서 만난 스물한 살 먹은 기생 금홍이와 만나 사랑하게 된 이야기를 그리고 있다. 허구가 아닌 자전적인 작품인 것이다. 서로를 운명이라고 여긴 두 사람은 함께 서울로 와서 종로에 다방 〈제비〉를 차린 후 그곳에 딸린 방에서 동거를 시작한다. 하지만 금홍의 바람으로 인해 동거는 곧 파국으로 끝나고 만다. 그만큼 두 사람의 사랑은 짧고 강렬했다.

금홍과 헤어진 후 잠시 권순옥과 사귀다가 화가 구본웅의 이복 누이동생인 변동림을 만난 이상은 곧 그녀와 동거를 시작하고, 얼마 후 결혼식을 올리지만 이내 일본에서 비운의 죽음을 맞고 만다.

이런 일련의 과정이 그의 작품 속에 잘 드러나 있다. 자신의 삶, 특히 자신의 연애를 소재로 작품을 즐겨 썼기 때문이다. 〈날개〉, 〈단발〉, 〈동해〉, 〈실화〉, 〈종생기〉 등이 바로 그것으로, 천재 시인 이상의 가슴 아픈 사랑은 물론 변화무쌍했던 그의 삶을 엿볼 수 있다.

슬픈 이야기

_이 상

─어떤 두 주일 동안

그곳은 참 오랜만에 가 본 것입니다. 누가 거기에 가 보라고 그랬는지는 모릅니다. 매우 변했더군요. 그 전에 사생(寫生, 실물이나 실제 경치를 있는 그대로 본떠 그리는 일)하던 다리 아치(개구부 상부의 무게를 지탱하기 위하여 돌이나 벽돌을 곡선 모양으로 쌓아 올린 구조물. 또는 그런 모양이나 구조)가 모색(暮色, 날이 저물어 가는 어스레한 빛) 속에 여전하고, 시냇물 역시 그 밑을 조용히 흐르고 있습니다. 또 양쪽 언덕은 잘 다듬어서 중간중간 연못처럼 물이 괴었고, 자그마한 섬들이 세간(世間, 집안 살림에 쓰는 온갖 물건)처럼 조촐하게 놓여있습니다. 거기서 시냇물을 따라 좀 더 올라가면 졸업 기념으로 사진을 찍던 나무다리가 있습니다.

그 시절 친구들은 모두 뿔뿔이 헤어져 지금은 안부조차 모릅니다. 나는 거기까지는 가지 않고 의자처럼 생긴 어느 나무토막에 앉아서 물속으로도 황혼이 오는지 안 오는지 들여다보고 있었습니다. 잎사귀가 모두 떨어진 나무들이 물속에 거꾸로 비쳤습니다. 전신주도 비쳤습니다. 물은 그런 틈새로 잘 빠져서 흐릅니다. 하지만 내려놓은 그 풍경을 만져 보는 일은 결코 없습니다. 바람 없는 저녁입니다. 물속 전신주에 달린 전등에 불이 들어왔습니다. 마치 무슨 중요한 '말씀' 같습니다.

— '밤이 오십니다.'

나는 고개를 들어 땅 위의 전신주를 보았습니다. 갑자기 불이 켜집니다. 내가 보지 않는 동안 백주(白晝, 대낮)를 한 병 담아서 놀던 전등이 잠시 한눈을 판 것 같습니다. 그래, 밤이 오나…… 그러고 보니, 공기가 참 차갑습니다.

두루마기 아궁탱이(소맷부리) 속에서 오른손이 왼손을 꼭 쥐고 땀을 흘리고 있습니다. 내 마음이 허공에 있거나 물속으로 가라앉았을 동안에도 육신은 육신끼리의 사랑을 잊어버리거나 게을리하지 않나 봅니다. 머리카락은 모자 속에서 헝클어진 채 아무 소리도 없습니다. 어떻게 생각하면 이 가난한 모체(母體, 몸)를 의지하며 지내는 것들이 불쌍한 것도 같습니다. 땅으로 치면 메마른 불모지와도 같은 셈입니다. 눈도 퀭하니 힘이 없고, 귀도 먼지가 잔뜩 앉아서 너절한 행색입니다. 목에서는 소리가 제대로 나기는 하지만 낡은 풍금처럼 윤기가 없습니다. 콧속 역시 늘 도배한 것, 낡은 것처럼 우중충합니다. 20여 년이나 하나를 믿고 다소곳이 따라 지내온 그들이 어지간히 가엾고 끔찍할 뿐입니다. 그런 그윽한 충성을 잊은 채, 나는 지금 망하려 드는 것입니다.

일신(一身, 자기 한 몸)의 식구들이(손·코·귀·발·허리·종아리·목 등) 주인의 심사(心思, 사람이나 사물에 대해 일어나는 어떤 감정이나 생각)를 무던히(수준이나 정도가 꽤 상당하게) 헤아리나 봅니다. 이리 비켜서고 저리 비켜서고, 서로서로 쳐다보기도 하고, 불안스러워하기도 하는 중에도 서로서로 의지하고, 여전히 다소곳이 닥쳐올 일을 기다리고만 있는 것 같습니다. 그러는 동안 꽤 이두워졌습니다.

별이 한 분씩 두 분씩 모여들기 시작합니다. 어디서 오시나. 굿 이브닝! 뿔뿔이 이야기꽃을 피우나 봅니다. 어떤 별은 좋은 담배를 피우고, 어떤 별은 정한(情恨, 정과 한) 손수건으로 안경알을 닦기도 하고, 또 기념촬영을 하는 무리도 있습니다. 나는 그런 오붓한 회장(會場, 모임이 열리는 장소)을 고개를 들어 쳐다보지 않은 채 물속을 통해 쳐다봅니다. 시각이 거의 되었나 봅니다. 오늘 밤 프로그램은 참 재미있는 여흥(餘興, 연회나 모임 끝에 흥을 돋우기 위하여 곁들이는 연예나 오락)이 가지가지 있나 봅니다. 금 단추를 단 순시(巡視, 조직의 관리자 또는 책임자)가 여기저기서 들창을 닫는 소리가 들립니다.

갑자기 회장이 어두워지더니, 모든 얼굴이 활기를 띱니다. 그중에는 가벼운 흥분으로 인해 잠깐 입술이 떨리는 이도 있고, 의미 있는 미소를 주고받으며 눈을 끔벅거리는 이들도 있습니다. 안드로메다, 오리온, 이렇게 좌석을 정한 후 담배도 모두 꺼버렸습니다. 그때 누군가가 회장 뒷문으로 허둥지둥 들어왔나 봅니다. 모든 별의 고개가 한쪽으로 일제히 기울어졌습니다. 근심스러운 체조, 그리고 숨결 죽이는 겸허로 인해 하늘이 더 깊고, 멀고, 어둡고, 멀어진 것 같습니다.

무슨 일일까요? 넓은 하늘 맨 뒤까지 들리는 그윽하지만, 결코 거칠지 않은 음악처럼 맑고 또렷한 말씀이 들립니다.

—여러분, 오늘 저녁에는 모두 일찍 돌아가시라는 전령입니다.

우—모두 일어나나 봅니다. 발루아 검정 모자는 참 품(品, 등급)이 있어 보이고, 스페인풍 망토 자락 역시 퍽 보기 좋습니다. 에나멜 구두가 부드러운 융단을 딛는 소리가 빠드득빠드득 꽈리 부는 소리처럼 들립니다. 모두 뿔뿔이 걸어서 갑니다.

이제 회장이 텅 빈 것 같습니다. 군데군데 전등이 몇 개 남아 있을 뿐입니다. 오늘 밤 숙직(宿直, 건물이나 시설 등을 밤새도록 지킴)을 할 늙은이가 들어오더니, 그나마 하나씩 둘씩 꺼져버립니다. 삽시간에 등불도 다 꺼지고, 어둡고 답답한 하늘에는 츄잉검과 캐러멜 껍데기가 여기저기 흩어져 있습니다. 무슨 일이 있으려나. 대궐에 초상이 났나 봅니다.

나는 팔짱을 끼고 오랫동안 잊어버렸던 우두(牛痘, 천연두) 자국을 만져보았습니다. 그러고 보니 우리 어머니도, 우리 아버지도 모두 얼굴이 얽으셨습니다. 하지만 두 분 모두 마음만은 착하기 그지없습니다. 우리 아버지는 손톱이 일곱 개밖에 없습니다. 궁내부(宮內府, 1894년 제1차 갑오개혁 때 신설되어 왕실 업무를 총괄한 관청) 활판소(活版所, 활판을 짜서 인쇄하는 곳)에 다닐 때 손가락 세 개를 두 번에 걸쳐 잘리고 말았습니다. 우리 어머니는 생일도, 이름도 모릅니다. 태어나면서부터 친정이 없기 때문입니다. 그래서 나는 외갓집이 있는 사람이 매우 부럽습니다. 하지만 우리 아버지는 장모 있는 사람을 그렇게 부러워하지 않습니다.

나는 두 분께 돈을 갖다 드린 일도, 뭘 사 드린 일도 없습니다. 또 한 번도 절을 해본 일이 없습니다. 두 분이 내게 운동화를 사주시면, 나는 그것을 신고, 두 분이 모르는 골목길로만 다녀 금방 망가뜨리고 말았습니다. 또 월사금(학교에 매달 내던 수업료)을 주시면 두 분이 못 알아보는 글자만을 골라서 배웠습니다. 그랬건만 두 분은 단 한 번도 나를 미워한 일이 없습니다. 집을 나갔다가 23년 만에 돌아왔더니, 여전히 가난하게 사실 뿐이었습니다. 어머니는 내 대님과 허리띠를 접어주셨고, 아버지는 내 모자와 양복저고리를 걸기 위해 못을 박으셨습니다. 동생도 다 자랐고, 막냇누이도 어느새 아가씨가 되어 있었습니다. 그렇건만 나는 돈을 벌 줄 모릅니다. 어떻게 하면 돈을 벌 수 있을까요? 못 법니다, 못 법니다.

내게는 친구도 없습니다. 어른도 없습니다. 버릇도 없습니다. 뚝심(굳세게 버티어 내는 힘)도 없습니다.

손이 뺨을 만집니다. 남의 손처럼 차갑습니다. '무슨 생각을 그렇게 하시나요? 이렇게 야위었는데.' 모체(母體)가 망하려 드는 기색을 알아차렸나 봅니다. 이내 위문(慰問, 불행에 처한 사람이나 수고하는 사람 등을 위로하고 사기를 북돋기 위해 방문하거나 안부를 물음)이 끊이지 않습니다. 그러면 뭘 하나. 속절없을 뿐이지.

나는 내 마음 최후의 재산인 기사(記事)마저도 이미 몰래 내다 버렸습니다. 남은 것이라곤 약 한 봉지와 물 한 그릇 뿐입니다. 어느 날이고, 밤 깊이 너희들이 잠든 틈을 타서 살짝 망하리라. 그 생각이 하나 적혀 있을 뿐입니다. 어머니 아버지에게 말하지 않고, 친구들에게도 전화하지 않은 채 기아(棄兒, 부모 또는 육아의 의무가 있는 사람이 아이를 몰래 내어 다 버림)하듯이 망하렵니다.

하하, 비가 오시기 시작합니다. 살랑살랑 물 위에 파문이 어지럽습니다. 고무신 신은 사람처럼 소리가 없습니다. 눈물보다도 고요합니다. 공기는 한층 더 차갑습니다. 까치나 한 마리…… 참, 이 비에 까치집이 새지 않는지 모르겠습니다. 이제 까치도 살기가 어려워져 서울 근방에서는 모두 없어졌나 봅니다. 이렇게 궂은비가 오는 밤에는 우는 사람도 많을 것입니다. 건너편 양옥집 들창이 유달리 환하더니, 결국 누군가가 그 들창을 안으로 닫아 버리고 맙니다. 따뜻한 방이 눈을 감고 실없는 장난을 하려나 봅니다. 마음대로 하라지요, 뭐.

하지만 한데는 너무 춥고, 빗방울은 차차 굵어갑니다. 비가 오네, 비가 오누나. 이제 비가 들기만 하면 날이 새렷다. 그런 계절에 대한 근심이 마음을 불안하게 하는 때, 나는 사람이 불현듯 그리워집니다. 지금 내 곁에는, 내 여인이 벙어리처럼 서 있을 뿐입니다.

나는 가만히 여인의 얼굴을 쳐다봅니다. 참 하얗고도 애처롭습니다. 여인에게는 그전에 달빛 아래서 오래오래 놀던 세월이 있었나 봅니다. 아, 저런 얼굴에…… 하지만 입 맞출 곳이 하나도 없습니다. 입 맞출 자리란, 말하자면 얼굴 중에도 반드시 아무것도 아닌 자그마한 빈 터전이어야만 합니다. 그렇건만 이 여인의 얼굴에는 그런 공지(空地, 빈터)가 단 한 군데도 없습니다. 나는 이 태엽을 감아도 소리 안 나는 여인을 가만히 가져다가 내 마음에다 놓아두는 중입니다. 텅텅 빈 내 모체가 망할 때, 나는 이 '시몬'과 같은 여인을 체(滯, 체함)한 채 그립니다. 이 여인은 내 마음의 잃어버린 제목입니다. 그리고 미구(未久, 앞으로 곧)에 내어다 버릴 내 마음을 잠시 걸어 두는 한 개의 못입니다. 육신의 각 부분도 이 모체의 허망함을 묵인하고 있나 봅니다.

"여인이여, 내 그대 몸에는 손가락 하나 대지 않으리다. 그러니 우리 함께 죽읍시다."

"Double Platonic Suicide(동반자살)인가요?"

"아니지요, 두 개의 Single Suicide(자살)이지요."

나는 수첩을 꺼내어 날짜를 짚었습니다. 오늘이 11월 16일이고, 다음 다음주 휴일이 12월 1일이라고.

"두 주일이군요."

여인의 창호지같이 창백한 얼굴에 금이 가면서 웃음이 살짝 보입니다. 여인은 그윽한 내 공책에 악보처럼 생긴 글자로 증서를 하나 쓰고 지장을 찍어주었습니다.

"틀림없이 같이 죽어드리기로."

"네, 감사하다 뿐이겠습니까."

나는 내가 제일 좋아하는 노래를 생각하며 휘파람을 불었습니다.

나는 세상의 모든 죄송스러운 일을 잊어버리기로 하였습니다. 그리고 깨끗한 손수건을 깃발처럼 흔들었습니다. 패배의 기념입니다.

"저기 저 자동차들은 비가 오는데 어디를 저렇게 가는 걸까요?"

"네, 그 고개 너머에 성모의 시장이 있습니다."

"일 원짜리가 있다니 정말 불을 지르고 싶습니다."

"왜요?"

자동차들은 헤드라이트로 물을 튀기면서 언덕 너머로 언덕 너머로 몰려갑니다. 오늘처럼 척척한 밤공기 속에서는 분도 좀 더 발라야 하고, 향수도 좀 더 강렬한 것이 필요할 것 같습니다.

참 척척합니다(살갗에 닿아서 축축하고 차가움). 이제 비가 제법 옵니다. 모자 차양(햇볕을 가리거나 비가 들이치는 것을 막기 위하여 처마 끝이나 창문 바깥쪽에 덧붙이는 물건)에서도 물이 뚝뚝 떨어집니다. 두루마기는 속속들이 젖어서 이제 저 고리마저 젖기 시작했습니다. 아무도 보는 사람이 없습니다. 아무도 없는데 왜 부끄러워해야 합니까? 나는 누구나 만날 때마다 부끄러워하렵니다. 그러나 그이는 내가 왜 부끄러워하는지 모릅니다.

내 속에 사는 악마는 고생을 많이 한 사람처럼 키가 매우 작습니다. 또 몸무게 역시 몇 푼 되지 않습니다. 그런데 어디서 횡재를 하고 돌아왔습니다. 장갑을 벗으면서 초췌하지만 즐거운 얼굴을 잠시 거울 속으로 엿보나 봅니다. 그러고 나서 깨끗한 도화지 위에 단색으로 풍경화를 한 장 그립니다.

언젠가 한 번 왔다 간 적이 있는 항구입니다. 날이 좀 흐렸습니다. 반찬도 맛이 없습니다. 젊은 사람이 젊은 여인을 곁에 세운 채 우체통에 편지를 넣습니다. 철썩, 어둠은 물과 같이 출렁출렁하나 봅니다. 우체통 안으로 꼭두서니(꼭두서닛과에 속한 여러해살이 덩굴풀) 빗물이 차갑게 튀어서 편지가 젖었을까 생각해봅니다. 젊은 사람이 입맛을 다시더니 곁에 있던 여인과 어깨를 나란히 한 채 부두를 향해 걸어갑니다. 몇 시나 되었을까……
4시? 해는 어지간히 서쪽으로 기울고, 음산한 바람이 밀물 냄새를 품고 불어옵니다.

"담배 다섯 갑만 주세요. 그리고 오십 전짜리 초콜릿도 하나 주시구요."

어보 하릴없이 실감개 같지…….

"자, 안녕히 계십시오."

골목은 길고 포도(鋪道, 돌·시멘트·아스팔트 따위를 깔아 단단하게 다져 꾸민 도로)에는 귤껍질이 여기저기 흩어졌습니다.

뚜―부두에서 들려오는 기적 소리가 분명합니다. 뚜―, 이 뚜―소리에는 옅은 보라색을 칠해야 합니다. '부두'올시다. 에그, 여기도 버스가 있구려.

돛대(선체의 중심 갑판에 수직으로 세운 기둥) 위에서 깃발이 숨이 차서 헐떡헐떡 야단입니다. 젊은 사람은 앞가슴 두 번째 단추를 빼어놓습니다. 누가 암살을 하면 어떻게 하게? 축항(築港, 항구)의 물은 새까맣습니다. 나무토막이 떴습니다. 저놈은 대체 어디서 떨어져 나온 놈일까요? 참, 갈매기가 나네요. 오늘은 헌 옷을 입었습니다. 길이 진가봅니다.

자, 탑시다. 선벽(船壁, 배의 벽)은 검고, 굴 딱지가 많이 붙어 있습니다. 하여간 탑시다. 시간이 다 된 모양입니다. 뚜―뚜뚜―떠나나 봅니다. 저는 좀 드러눕겠습니다. "저도요!" 좀 동그란 들창으로 좀 내다봐야겠군요. 항구에는 불이 들어왔습니다. 여인의 이마를 좀 짚어봅니다. 따끈따끈합니다. 팔팔 끓습니다. 어쩌나…… 그러지 마요. 담배를 피워 물었습니다. 한 개 피우고, 두 개 피우고, 잇대어 세 개를 피우고, 네 개, 다섯 개, 이렇게 해서 쉰 개를 피우는 동안에 결심하면 됩니다.

"여보, 그동안 당신은 초콜릿이나 잡수세요."

선실에도 불이 켜졌습니다. 모두 피곤하나 봅니다. 마흔 개, 마흔한 개…… 이렇게 해서 어느 사이에 마흔아홉 개를 태워버렸습니다. 혀가 아려서 견디지 못하겠습니다. 초저녁이 흔들립니다.

"여보, 이 꽁초 늘어선 것 좀 봐요! 마흔아홉 개예요. 일어나요, 이제 갑판으로 나갑시다."

여인은 다소곳이 일어나건만 여전히 말이 없습니다. 흐렸군. 별도 없이 바다는 그냥 문을 닫은 것처럼 어둡습니다. 소금 냄새 나는 바람이 여인의 치맛자락을 휘날립니다. 한 개 남은 담배에 불을 붙여 물고, 요거 한 대가 다 타는 동안 마지막 결심을 하면 됩니다.

"여보, 서럽지는 않소?"

여인은 머리를 좌우로 흔듭니다.

"이제 다 탔소!"

문을 닫아라. 배를 벗어 버리는 미끄러운 소리…… 답답한 야음을 떠미는 힘든 소리…… 바다가 깨어지는 요란한 소리…… 굿바이! 악마는 이 그림 한구석에 차근차근 사인을 하였습니다.

두 주일이 속절없이 지나가고, 휴일이 찾아왔습니다. 나는 강변 모래

밭을 여인과 함께 걷고 있었습니다. 나는 기침을 합니다. 콜록콜록—콜록—결국 감기가 들고 말았습니다.

바람이 사정없이 불어옵니다. 내 포켓에는 걱정이 하나 들어 있습니다. 여인은 오늘 유달리 키가 작아 보일 뿐만 아니라 생기가 없어 보입니다. 그럴 줄 알았습니다. 당신은 너무 젊습니다. 그렇게 젊은 몸으로 이렇게 자꾸 기일이 천연(遷延, 일이나 날짜 등을 오래 끌어 미루어 감)되는 데서, 나는 불안이 점점 키갈 뿐입니다. 바람을 띵띵 먹은 돛폭(돛을 이루고 있는 넓은 천)을 둘씩 셋씩 세운 상가선(商賈船, 장사할 물건을 싣고 다니는 작은 배)이 뒤이어 올라가고 있습니다. 노래나 한마디 하시구려. 하늘은 차고, 땅은 젖었습니다. 과자보다도 가벼운 여인의 체중입니다.

나는 돌아서서 겨우 담배를 붙여 물고 겸사겸사 한숨을 쉬었습니다. 기침이 납니다. 저리 가봅시다. 방풍림 우거진 속으로 철로가 놓여 있습니다. 까치 한 마리도 없이, 낙엽은 낙엽대로 쌓여서 이 세상에 이렇게 황량한 데가 또 있을까요?

나는 여인의 팔짱을 끼고 질컥질컥하는 낙엽을 밟으면서 자꾸만 동쪽으로 걸었습니다. 자갈을 가득 실은 화물차가 자그마한 기적을 울리며 우리 곁을 지나갑니다. 우리는 그 자리에 서서 동화 같은 그 풍경을 한없이 바라보았습니다. 간혹 낙엽 위로 나 있는 길도 있습니다. 그러나 사람은 단 한 명도 만날 수 없습니다. 어디까지나 황량한 인외경(人外境, 사람이 살고 있지 않은 곳)일 뿐입니다.

나는 야트막한 여인의 어깨를 어루만지며 장미처럼 생긴 귀에다 대고 부드럽게 말했습니다.

"집에 갑시다."

"싫어요. 저는 오늘 아주 나왔어요."

"닷새만 더 참아요."

"참지요…… 하지만 그렇게까지 해서라도 꼭 죽어야 하나요? 그러면 죽은 셈 치고, 그 영혼을 제게 빌려주실 순 없나요?"

"안 됩니다."

"언제든지 죽어드리겠다는 저당을 붙여도요?"

"네."

세상에 이런 일이 또 있습니까? 나는 주머니 속에서 몇 통의 편지를 꺼내 그 자리에서 모두 찢어버리고 말았습니다. 군(君)이 이 편지를 받았을 때, 나는 이미 아무개와 함께 이 세상 사람이 아니리라는, 내 마지막 허영심을 담은 편지였습니다. 하지만 그게 뭐란 말입니까? 지금 나로서는 내 한목숨도 끊을 만한 용기가 없습니다. 수양(修養)이 되지 않았기 때문입니다. 하지만 힘써 얻어 보겠습니다. 까치도 오지 않는 이 그윽한 수풀 속에 난데없는 떼 상장(喪章, 상중에 있음을 나타내거나 조의를 표하기 위하여 옷깃이나 소매 따위에 다는 이름표)이 쏟아진 것입니다. 여인의 얼굴은 새파래졌습니다.

—死後, 1937년 《조광》 6월호

내 애인의 면영(面影)

__임 화

　내 애인은 역시 아름답습니다. 그는 까만 외투를 입고, 조그만 발에는 아담한 구두를 신었습니다. 이따금 버선 위에 고무신을 바꿔 신으면 짧은 발에 흰 발등이 살찐 비둘기 가슴처럼 포동포동합니다. 나는 그의 귀여운 발이 멀리 갔다가 내 집 처마 아래 참새처럼 찾아 드는 고운 걸음걸이를 한없이 사랑합니다. 아마 다른 이들은 거리를 돌아오는 그의 걸음걸이에서 애인을 찾아가는 젊은 여자의 질서 없이 움직이는 몸맵시를 조금도 찾지 못할 것입니다.

　그는 차림새나, 이야기, 걸음걸이의 유난함으로써 새 시대의 표적으로 삼으려는 여자들을 '속물스러운 정경'이라고 형용합니다. 사실 그의 입은 모든 사람의 그것처럼 먹기 위한 기관의 하나일지도 모릅니다. 입뿐만 아니라 그의 얼굴의 모든 기관이 그럴지도 모릅니다. 그러나 그다지

크지 않은 동체(胴體, 사람이나 동물의 몸에서, 목·팔·다리·날개·꼬리 따위를 제외한 가운데 부분) 위에 완연히 아름다운 조각의 콤플렉스처럼 희고 둥근 목 위에 받쳐 있는 갸름한 얼굴은 생물의 유기체의 한 부분이라고 하기에는 너무도 아름답고 지혜롭습니다.

트로이의 성문처럼 굳게 닫힌 두 입술 사이로 미소가 휘파람처럼 샐 때 까만 두 눈은 별처럼 빛납니다. 아무도 이 아름다운 입이 총구처럼 동그레져서 쏘아 놓는 날카로운 비판의 언어를 상상하지 못할 것입니다. 그 순간, 무른 서리가 어린 긴 눈썹 아래 동그란 눈동자의 매서운 의미 역시 알아낼 수 없을 것입니다.

두 볼의 선이 기름진 평원처럼 턱으로 내려가 한데 어울려서 인중을 지나 우뚝 솟은 콧날은 어쩌면 그렇게 날카롭고 부드러울까요? 웃을 때도, 화를 낼 때도 그곳은 산처럼 움직이지 않습니다. 다만, 어느 때는 말랑말랑하고 따뜻하며, 또 어느 때는 굳고, 대리석처럼 차가울 뿐입니다.

지나간 어느 때의 일입니다. 내가 빈사(瀕死, 거의 죽게 됨)의 병욕(病褥, 병석. 즉, 병자가 앓아누워 있는 자리)에 누워 있을 때 그는 그 소식을 듣자마자 멀리서 한달음에 달려왔습니다. 눈보라가 치고, 바람이 불고, 겨울 날씨가 사나운 밤 나의 방문을 밀고 들어서던 그를 나는 또렷이 기억하고 있습니다.

그의 몸에서 살아 있는 곳이라고는 손밖에 없는 것 같았습니다. 깎아 세운 석상(石像)처럼 우뚝 선 얼굴은 창백하고, 손끝은 바르르 떨고 있었습니다. 하지만 그것이 내 눈에는 매우 아름답고 지혜로운 젊은 미망인처럼 보이기도 했습니다.

그의 눈에선 조금도 눈물이 흐르지 않았습니다. 그의 입은 조금도 열리려고 하지 않았습니다. 그의 손은 아무것도 잡으려고 하지 않았습니다. 그렇지만 그 순간, 그는 나의 모든 것을 잡고 있었습니다.

그날 밤, 그는 우리의 아름다운 운명을 축복하며 처음으로 울었습니다. 겨울밤은 병약한 사나이와 젊은 여자의 가냘픈 몸엔 너무나 맵고 쓰렸습니다.

내 애인은 사랑이란 것이 원수에 대한 미움으로부터 시작하여 자신의 희생에서 꽃핌을 잘 알고 있었습니다. 자기의 모발(머리털) 한 오리를 버리기 싫어하면서 남을 사랑한다는 것은 대체 무슨 의미입니까? 희생 없이 사람을 사랑한다는 것은 온전한 거짓입니다. 아름답고 지혜로운 애인을 위해 나 역시 아무것도 아끼기 싫습니다.

그러나 내 애인은 다시 먼 곳으로 떠나갔습니다. 나의 슬픔은, 또한 우리의 이별의 슬픔은, 아! 무엇에도 비길 수 없었습니다. 그러나 오늘날, 우리에게 있어 슬픔이란 즐거운 눈물처럼 아름다운 것입니다.

그는 아름다우면서도 지혜로웠습니다. 여자이면서도 여자 이상이었습니다.

우리를 하염없이 조르던 큰 의무가 이별을 요구할 때 우리는 학생처럼 순종했습니다. 그러므로 그는 우리가 정을 속삭일 때 나를 사랑스럽다 불렀습니다. 그러나 멀리 떨어졌을 때는 반드시 '미더운 이'라고 불렀습니다. 우리는 서로 사랑함을 축복했고, 서로 제 의무에 충성됨을 감사했습니다. 그 때문에 그는 항상 우리가 비둘기처럼 사랑함을 경계하기도 했습니다.

언젠가 내가 나태함으로 인해 소망의 과업을 그르쳤을 때, 그는 어떤 책에서 다음과 같은 구절을 읽어 주었습니다.

"십구 세기말 어느 부부가 독일에 살았는데, 남편은 청년 독일파 시인이었답니다. 그런데 불행히도 그 남편은 부지런하지 못했고, 예술적으로도 이렇다 할 성과를 거두지 못했더랍니다. 단지, 한 중학교의 교원으로서 아내를 매우 사랑하는 남편에 불과했지요. 그의 젊은 아내는 그에게 용기를 주기 위해 그를 대적(大賊, 큰 도둑)처럼 용맹한 남자라든가, 당신이 중세에 태어났더라면 영웅이 되었을 것이라며, 여러 가지 방식으로 남편을 격려했답니다. 하지만 그 어떤 방식도 효과가 없었지요. 할 수 없이 실연의 비탄을 맛보게 하면 정신적 충격이 될까 하여 얼마간 거짓으로 그를 멀리했더랍니다. 그러나 일체의 방법이 헛되이 되고 말았고, 그는 그 어떤 소망도 달성하지 못했지요. 결국, 부인은 십여 년 전 결혼식을 올릴 때 남편이 기념으로 준 중세 부인용 소도(小刀, 작은 칼)로 자결을 하고 말았습니다. 슬퍼서 죽었다느니보다 죽음의 일격(一擊), 더구나 사랑의 기념물로 준 칼로 자기 목숨을 끊어 마지막 순간까지도 남편의 정신적 분기(奮起, 분발하여 일어남)를 재촉한 것입니다."

나는 이 이야기를 듣고, 자신은 이렇게까지 종순하고 희생적인 지혜를 애인에게 요구하지 않음을 직각(直覺, 보거나 듣는 즉시 곧바로 깨달음)했습니다. 그러나 여자 이상의 매력이란 것은 지혜와 굳은 의지가 우리의 등에 감기는 매운 채찍이라 생각했습니다. 비록 이러한 지혜가 시대의 슬픈 비극으로 끝맺는 불행한 날이 있을지라도 나는 나의 애인으로부터 이 밝은 지혜를 빼앗고 싶지는 않습니다.

—1938년 2월 《조광》

*면영(面影) : 얼굴 모양새, 초상

* 동료들이 얘기하는 임화는 작가라기보다는 영화배우에 가까운 모습이었다고 한다. 그만큼 세련되고 멋진 복장을 하고 다녔기 때문이다.

임화가 쓴 이 글의 주인공은 소설가 지하련이다. 그녀는 경상도 거창 부호의 딸로 일본 유학까지 다녀온 신여성이었다. 더욱이 뛰어난 미모로 뭇 사내들의 관심을 한 몸에 받았다. 그러니 두 사람의 만남은 이른바 당대를 대표하는 미남 미녀의 만남이었던 셈이다.

두 사람이 처음 만나게 된 것은 임화가 요양차 마산 결핵 요양원으로 내려갔을 때였는데, 만나자마자 서로에게 호감을 느끼게 되었다고 한다. 하지만 그녀 집안의 반대가 매우 심했다. 그도 그럴 것이 당시 임화는 아이까지 딸린 이혼남이었다. 이후 우여곡절 끝에 1936년 7월 8일 혼인신고를 한 두 사람은 서울로 올라가 신혼살림을 차리고 잠시 행복한 삶을 산다. 하지만 그것도 잠시. 광복 후 월북을 단행하며 우리에게서 잊힌 존재가 되고 만다. 그러나 1988년 월북 작가 해금 조치 이후 전집이 출간되는 등 재조명 작업이 활발히 이루어지고 있다.

설천야(雪天夜)의 대동강 반(畔)

_임 화

그날 밤은 무서운 밤이었다. 일찍이 그렇게 춥고, 그렇게 어둡고, 그렇게 무서운 생각의 협의 아래 하룻밤을 지내본 경험은 내 짧은 생애에 가져 본 적이 없다.

그날 밤은 사람이 죽은 밤이었다. 내가 몹시 아끼는 벗의 사랑하는 부인이 죽은 밤이었다. 그 죽은 사람이 여자라는 것, 더구나 젊은 여자였다는 사실이 더 많이 그 밤을 두렵게 했는지도 모른다. 하여간, 밤이라는 것은 죽음과 깊은 인연을 가진 세계인 것을 나는 언제든지 느끼고 있다. 밤의 이 어둠이란 밝은 데서 평가되는 모든 가치를 불문에 부치고 무시해 버리는 횡포(橫暴, 제멋대로 굴며 몹시 난폭함)한 성질로 보아 죽음과 비슷한 점이 있다.

벌써 사 년이 되었지만, 전보 한 장을 받은 후 기차를 타고 이튿날 새벽

127

평양역에 내려 N을 찾아 문을 두드리던 기억이 아직도 내 마음을 아프게 한다. N은 벌써 그 전날 임신한 부인을 땅속에 묻고, 부인이 살아서 자던 방에 누워 있었다. 그 한 칸 방의 수선한 광경은 더욱 N을 눈물겹게 했다. 엊그제까지 부인이 자던 그 구들 위에 누운 벗의 마음을 나는 연상하기 싫었다.

그 N에게 술을 먹여 시름을 잊게 한다는 것처럼 어리석은 일은 세상에 없을 것이다. N은 술을 좋아했다. 그래서 부인이 살아 있을 때 가끔 다투기도 했던 모양이다.

그날 밤, 나는 N의 선량한 벗들이 그를 주석(酒席, 술자리)으로 청한 어리석은 자리에 동행했다. 거의 아는 사람들이고, 또 N과 같이 동경에 머물렀던 선량한 벗 H도 있었다. 모두 술을 먹고, 잡담하고, 숫기 좋은 친구는 노래까지 부르며, 어리석은 훼항(廻航, 여러 곳에 들르면서 운항함. 또는 그런 운항)은 끝이 났다.

요정을 나온 나와 N, H 셋이 대동강가로 나왔다. 어둡고 찬 눈발이 우리의 눈으로 숨어들어 따뜻한 눈물이 되었다. 이런 때의 밤을 나는 좋아한다. 하지만 몇 걸음도 못 가서 우리는 사시나무 떨 듯해야 했다. 바람은 점점 맵고, 강해졌고, 강 위의 얼음은 마목(갈기. 말이나 사자 따위의 목덜미에 난 긴 털)같이 뻗쳤다. 더욱이 눈으로 꽉 찬 시커먼 하늘은 마치 죽음과도 같이 생각되었다. 육신의 전율이 바로 이 공포를 반영하고 있었다.

H는 돌아갔다. N과 둘이서 한참을 말없이 걸었다. 그러나 그는 '돌아가라'는 제의를 하지 않았다. 나 또한 그에게 '어서 그 방으로 돌아가라'

고차마 권할 수 없었다.

얼마 후 나는 눈 덮인 대동문 각(閣, 크고 높다랗게 지은 집)이 얼마나 무서웠던지 어깨로 '쭙―' 하고 몸서리를 쳤다. 서울 남대문이나 동대문 같은 육지의 성문과 달리 아랫도리가 짧고 윗도리가 긴 수문은 마치 도깨비 같았다.

N은 내게 추운지 물었다. 나는 간단히 부정했다.

N은 별안간 우리 문학 운동의 정책상 문제를 화제로 꺼내었다. 그와 나는 그전에도 늘 이런 이야기를 해왔다. N은 출옥한 지 일 년도 안 되는 우리의 충실한 비평가이자 우수한 작가였다. 하지만 그의 말이 내 마음에 곧이곧대로 들어오지만은 않았다. 도리어 우리는 죽음에 관해 이야기했다. 역시 그것이 진정한 화제였다.

"죽음이란 생각하는 것의 정지, 영원한 정지일 게지?"

N이 묻는다.

"오히려 일체로 감각하는 것을 그만두는 게다."

나와 그는 똑같은 문답을 했다. 그러나 결국 죽음은 죽는 인간만이 아는 것이다. 이내 우리 둘은 조용해졌다. 그러나 곧 급작스레 죽음과 같은 어둠이, 바람이 아니라 어둠이 '획' 하고 우리를 향해 불어왔다. 뼛속까지 얼고 내장의 가장 조그만 부분까지 떨렸다. 어느 결에 둘의 어깨가 꼭 한데 닿았다. 나는 깜짝 놀랐다. 나는 나의 육체 일부분이 누군가에게 잇고 닿는 것을 극도로 싫어하는 기질이었기 때문이다. 그러나 나는 N에게서 몸을 뗄 수가 없었다.

바람은 자꾸 불고, 눈은 펑펑 쏟아졌다. 이따금 대동강의 얼음 트는 소리가 '쩡쩡'한다. 그 밑으로 꼭 지옥의 무서운 세계가 들여다보일 듯싶었다. 이것이 바로 풍광의 명미(明媚, 경치가 맑고 아름다움)함을 자랑하는 대동강 반(畔, 강가 혹은 강녘)임을 생각할 때, 나는 갑자기 모란봉 부벽루가 보고 싶었다.

이수일과 심순애의 고시(高時, 각본)!

그러나 겨울이나 밤은 죽음보다는, 더구나 지극히 사랑하는 사람의 죽음보다는 덜 아프다. 결국, 밤도 새고, 겨울도 가는 것이니깐! 그러나 사랑하는 사람의 죽음은 다시 아침이 되지 않는다. 오직 그는 우리의 머리 가운데서만 산다.

대동강과 나는 인연이 없나 보다. 처음 대한 것이 그 밤이고, 그 뒤에도 내가 그 옆 병원에 누워 여름과 가을을 보내면서 그저 상상 속에서 그려 보았을 뿐이니.

나는 그 강이 이제는 아주 싫다. 마치 죽은 사람처럼 나의 상상 가운데 생활하는 가장 아름다운 강의 하나일 뿐이다.

—1936년 11월 《조광》

* 설천야(雪天夜)의 대동강 반(畔)이란 제목은 '눈 내리는 밤 대동강가에 서서'로 해석할 수 있다.

어떠한 부인을 맞이할까

___김유정

나는 숙명적으로 사람을 싫어합니다. 다시 말하면 사람을 두려워한다는 것이 좀 더 적절할지도 모릅니다. 늘 주위 사람을 경계하는 버릇이 있습니다. 그 버릇이 결국에는 말 없는 우울을 낳았습니다. 그리고 상당한 폐결핵입니다. 최근에는 매일같이 피를 토합니다.

나와 똑같이 우울한 그리고 나와 똑같이 피를 토하는 그런 여성이 있다면 한번 만나고 싶습니다. 나는 그를 한없이 존경하겠습니다. 왜냐하면, 나 자신이 그 여성에게 뭔가를 배울 수 있으리라고 기대하기 때문입니다.

그렇게 되면 그건 연애가 아닐지도 모릅니다. 단순히 서로 이해할 수 있는 한 동무라고 할 수도 있습니다. 하지만 다시 생각건대, 이성의 애정이란 여기서 비로소 출발하는 것이 아닐까 합니다.

만일 내게 그런 특권이 있다면 나는 그를 사랑하겠습니다. 결혼까지 이르게 된다면 더욱 감사할 일입니다. 그러면 그다음에는,

이 몸이 죽어서 무엇이 될까 하니
봉래산 제일봉에 낙락장송이 되었다가
백설이 만건곤할 제 독야청청하리라.

그 봉래산 제일봉이 어디일지, 그 위에 초가삼간을 짓고 한번 살아보고 싶습니다. 많이 바라지도 않습니다. 단, 사흘만 깨끗이 살아보고 싶습니다. 하지만 한 가지 큰 의문이 듭니다. 서로 사람을 싫어하는 사람끼리 모여 결혼생활이 될 수 있을는지. 만일 안 된다면 안 되는 그대로도 좋습니다.

—1936년 5월 《여성》

의문의 그 여자

__최서해

몹시 더운 날이었다.

나는 종로 사정목(四頂目, 지금의 종로4가)에서 의주통(義州通, 지금의 서울 중구 의
주로 일대) 가는 전차를 갈아탔다. 좌석은 더 앉을 여지가 없었지만, 손잡이
를 잡고 서 있는 사람들 사이는 헤집고 나가고 들어오기에 넉넉할 만큼
만원은 아니었다.

파고다 공원 앞 정류장으로 기억된다. 전차가 떠나려고 하는 때, 앞으
로 움직이는 차체의 동요로 인해 뒤로 주춤거리면서 분주히 올라탄 젊은
여자가 있었다.

금방 바늘을 뽑은 듯한 당항라(唐亢羅, 명주·모시·무명실 따위로 짠 천. 구멍이 송
송 뚫어지게 짠 것으로 여름 옷감으로 적당함) 적삼(윗도리에 입는 홑옷. 모양은 저고리와 같음)
에 긴 세모시(올이 가늘고 고운 모시) 치마를 슬쩍 돌려다 치켜 잡은 그 모습이

단아하면서도 어디라 없이 한 멋 부른 듯싶었다.

　운전석을 지나 차실에 들어선 그녀는 오를 때와는 딴판이었다. 퍽 침착한 모습으로 여러 사람 사이를 이리저리 지나 중간 빈틈에 와서 끼이었다. 사람들의 시선은 그리로 몰렸다가는 흩어지고 흩어졌다가는 몰렸다. 나 자신은 내 꼴을 보지 못하니 깨닫지 못하지만, 누가 볼세라 은근히 여자의 몸 위에 흘리는 사내들의 시선은 우습고도 흥미가 있었다.

　그처럼 여러 사람의 시선을 끄는 주인공은 손잡이를 잡고 치맛사락을 여며 쥔 채 누가 뭐라고 하든지 자기와는 아무 상관없다는 태도로 더위에 이글이글한 창밖을 내다보고 가만히 서 있었다. 그 거만스러운 태도가 더욱 그녀의 품격을 돋우는 것 같았다.

　분살이 피어서 뽀얀 얼굴은 스물 네댓밖에 되지 않은 듯하면서도 반듯한 콧날 좌우로 으쓱하게 드러나려다 숨은 광대뼈 하며, 좀 빠진 두 뺨 하며, 실귀에 눈여겨보면 보이는 실주름은 암만해도 서른 안쪽 여자는 아니었다. 물빛 비취 호두잠(대가리를 호두 모양으로 새겨서 만든 옥비녀) 봉오리와 가슴에 반짝이는 연실(연줄로 쓰는 실) 금 단추가 유난스럽게 시선을 끌었다.

　사람과 사람의 몸을 흘러내리는 뀌지근한 냄새……. 창으로 흘러드는 먼지 실은 화끈화끈한 바람에 텁텁하고 무덥던 차 안은 그 여자의 그림자와 같이 맑은 바람이 스르르 서리는 것 같았다.

　'오오! 홍로(紅爐, 빨갛게 달아오른 화로) 지옥의 구세주!'

　나는 나도 모르게 유쾌함을 느끼면서도 얼빠진 사내들의 가슴을 빤히 들여다보는 것 같아서 자못 비슷한 웃음을 웃지 않을 수 없었다.

'기쁘……. 너가 이마쑤……. 표 사세요.'

한 정류장을 지나서 차장이 외치는 소리가 들렸다. 그러자 그 여자는 손잡이를 잡았던 손을 가슴에 넣었다 다시 몸을 이리저리 만지면서 눈을 크게 뜨고 머리를 갸웃하였다. 그러더니 앞뒤를 돌아보고 발을 주춤 옮기려다 말고 다시 아까처럼 서 있었다. 좀 빠진 뺨은 긴장한 듯 보였다.

나는 즉각적으로 그 여자의 마음을 알아챘다. 내 가슴은 공연히 안쓰러웠다. 하회(下回, 다음 차례)가 어찌 되나? 나는 불안하게 생각하면서도 연재소설의 다음 편을 기다리는 듯한 호기심으로 마지막을 상상하면서 일종의 쾌감을 느끼었다. 숨길 수 없는 인간의 잔인성이라고나 할까.

종로 네거리를 지났다. 사람이 많이 내려서 차 안은 휑하였다.

그녀와 나는 공교롭게도 마주 앉게 되었다.

차가 정류장에서 속도를 낼 때였다. 갑자기 그녀가 좌우를 슬쩍 돌아보더니 자리에서 일어나서 태연스럽게 나를 향해 걸어왔다.

"표 한 장만 사주세요."

그녀의 눈은 고요한 웃음에 잠깐 떨렸다. 나는 '그래, 나의 추측이 틀리려고?'라고 생각하면서 아무 말 없이 회수권 한 장을 끊어주었다. 그것을 받던 갸름한 손이 지금도 눈앞에 보이는 것 같다.

표를 받은 그녀는 아무 말 없이 머리도 까딱하지 않고 운전석 쪽을 향해 나가더니 뒤도 돌아보지 않고 광화문 정류장에 내렸다. 나는 도깨비에게 홀린 사람처럼 멀리 무교동 쪽으로 사라지는 그녀를 바라보다가 사람들의 시선을 깨닫고 이내 얼굴을 돌렸다.

그 뒤 이태(두 해)가 되도록 그 여자의 그림자도 보지 못하였다. 나는 그 여자를 생각하는 때마다,

"오늘 지갑을 안 갖고 전차를 탔다가 망신당할 뻔했는데, 어떤 부끄러움 많은 사내를 만나 무사했단다."

하는 소리가 귓가에 들리는 듯하여 남모를 모욕을 받는 것만 같다. 그러면서도 호기심에 머리가 기울어진다.

그녀는 어떤 여자인지?

—1930년 9월

━━━

*최서해의 짧은 수필 〈담요〉를 보면 그가 사용하는 담요에 얽힌 사연을 통해 지독한 가난과 죽은 딸에 대한 사랑, 그리움을 엿볼 수 있다. 그 때문에 그의 글을 읽노라면 자신도 모르게 눈물이 쏟아질 것만 같은 감정을 느끼게 된다. 이것이 바로 최서해 문학의 특징이기도 하다.

이 글은 우리가 알고 있는 최서해의 글과는 달리 지독한 가난에 얽힌 슬픔도, 삶에 대한 애처로움도 전혀 느껴지지 않는다. 그저 인상적인 하루의 일상을 담백하고 솔직하게 표현하고 있을 뿐이다. 만일 그의 삶 역시 이처럼 솔직하고 담백했다면 아마 우리가 알고 있는 최서해는 존재하지 않을 지도 모른다. 그런 점에서 '문학은 그 사람의 인생을 투영한다.'라는 말은 일견 타당하다고 할 수 있다.

저 눈을 맞으며 우리 산책이나 합시다.

눈 오던 밤의 춘희

__백신애

6년 전이다. 그때 나는 서울 동쪽에 있었다. 그해에는 웬일인지 몇 십 년 만이라는 대설(大雪, 아주 많이 오는 눈)이 내렸었다. 나는 아파트 삼 층 일 실(一室, 하나의 방)에서 저물어 가는 눈 내리는 하늘을 하염없이 내다보느라고 유리창에 이마를 기대고 서 있었다. 그때 건너편 양관(洋館, 양옥, 즉, 서양식으로 지은 집) 삼 층에서 역시 눈 내리는 이웃 지붕을 내다보고 있는 한 여인이 있었다. 그 여인은 이미 오래전부터 나를 발견하였는지 내가 그녀를 바라보자 나를 향해 열심히 손을 흔들고 있었다. 그러나 그 양관과 내가 있는 아파트는 거의 백여 간(間)이나 떨어져 있었고, 또 저물어 가는 저녁인지라 여인의 얼굴을 볼 수는 없었다.

나는 조금 서먹서먹하기는 하지만 창문을 열고 손을 내밀어 그녀에게 흔들어 보였다. 그랬더니, 그녀는 갑자기 바쁜 일이라도 생긴 듯 다시 한

번 손을 흔들어 보이고는 곧 창가에서 사라졌다. 나는 어찌 된 셈인지 가슴이 쓸쓸해져 창문의 커튼을 내려버렸다. 그 사이에 전등이 켜지며 복도에서 조심스러운 발걸음 소리가 들려 왔고, 가끔 머물러서는 기척이 느껴졌다.

'이웃 사람이겠지.'

하고, 테이블 앞 의자에 걸터앉아 원고지를 펼쳐보았다. 잠시 후 발걸음 소리는 내 방 앞에서 흐트러지며 얌전한 노크 소리가 났다.

나는 무심코 들어오라고 대답하고 말았다. 그러자,

"들어가도 좋을까요? ……."

라는, 아름다운 소프라노 음성이 들려왔다. 나는 노크한 사람의 주저하는 태도에 잠깐 생각한 후 일어서서 도어를 열었다.

"아—."

순간, 나는 질겁하고 말았다. 문 앞에 서 있는 사람은 꿈에도 얘기해본 적 없는, 눈부시게 반짝이는 금발을 가진 양녀(洋女, 서양 여자)임이 틀림없었다.

"들어오세요."

라고, 이야기한 후 그녀를 방안으로 들였다. 그러나 이내 다시 한 번 놀라고 말았다. 그 이유는 우리말이 무척 유창했기 때문이다.

"나는 저편으로 이사 온 지 일주일이 됐어요. 아침마다 당신이 창을 여는 것을 보았어요. 그때마다 손을 흔들어도 당신은 못 본 척하셨어요."

즉, 양관 창문에서 내게 손을 흔든 여인이 자기라고 하였다.

"아! 그랬어요? 나는 오늘 처음 당신을 발견했는데요."

어느새 나와 그녀는 십년지기처럼 정답게 이야기를 나누고 있었다.

"저 눈을 맞으며 우리 산책이나 합시다."

우리는 거리로 나섰다. 그리고 가까운 일비곡공원(日比谷公園, 히비야 공원)으로 향했다.

공원 앞까지 가서 우리는 함께 발을 멈추었다.

"무서워라……."

그녀는 갑자기 내게 바짝 다가서며 인적이 거의 없는 공원 안을 기웃거렸다. 나는 여기까지 눈을 맞고 걸어오는 동안 흠뻑 감상에 잠겨 있던 터라, 그녀의 어깨를 꼭 껴안았다. 그리고 눈물을 감추며 애달픈 설희(雪姫) 이야기를 들려주기로 했다.

"설희! 그녀는 나보다 한 살 위였지만, 몸집이 나보다 무척 작아서 나를 언니라고 불렀어요. 그녀는 사랑하는 이를 모(某) 사건으로 잃고 홀어머니와 가엾이 살았는데, 나는 그의 유일한 친구였습니다. 그녀는 항상 검은 루바시카(러시아 민속의상으로, 풍성한 긴 소매에 엉덩이를 가릴 정도로 길이가 길게 일직선으로 느슨하게 내려온 블라우스)를 입고, 내 가슴에 기대어 '언니! 나는 춘희를 사랑한답니다. 나도 춘희처럼 되렵니다. 아니, 나는 춘희보다 설희가 되렵니다. 함박눈이 펄펄 소리 없이 땅 위에 쌓일 때 나도 소리 없이 가렵니다.'라고 했어요. 그 후부터 그녀는 스스로 설희라고 이름을 고쳐 불렀습니다. 하지만 그녀 역시 춘희처럼 가슴을 앓고 있었습니다. 그 설희가 재작년 눈 내리는 밤에 소리 없이 먼 암흑의 나라로 정말 사라져 갔답니다.”

내 이야기가 끝나자, 이 이국의 여인은 바로 가슴을 헤치고 흰 단추가 목까지 달린 새까만 블라우스를 내게 보이며,

“언니!”

하며, 감격에 떨리는 듯 나를 불렀다. 나는

“오!”

하는 감탄과 함께 그녀의 블라우스의 스타일이 그 전날 설희가 즐겨 입던 루바시카와 비슷함에 놀라며, 행여 설부(雪膚, '눈처럼 흰 살갗'이라는 뜻으로, 미인의 살결을 비유적으로 이르는 말)의 영혼이 나타난 것이 아닌가 해서 등허리에 찬 땀이 쪽 흘러내렸다.

“과연! 내 생각이 들어맞았어요. 당신은 반드시 내게도 유일한 친구가 될 것 같아요. 오늘 밤, 흰 눈이 내리는 가운데서 백(白)이란 성(姓)을 가진 당신과 친하게 되고, 설희 이야기를 들었으며, 그 설희 또한 나와 운명이 같은 사람임을 알게 되었어요. 기이한 일이에요. 내가 당신보다 나이가 많을지도 모르지만, 이제부터 당신을 언니라고 부르겠어요. 당신은 나를 설희라고 불러주세요. 정말, 정말 나는 설희라고 이름을 고치겠어요.”
라고 하며, 그녀는 무슨 설움이 가득 차오르는 듯 내 어깨 위에 이마를 비벼대었다.

나는 온몸에 소름이 돋아 묵묵히 서 있었다. 그런데 문득, 그 여인이 설희처럼 생각되었다. 그래서 얼른 그 생각을 물리치려고 안전지대 위로 옮겨 섰다. 그러나 그녀는 무엇에 취한 듯 내 곁으로 자꾸 다가서며,

"미스 화잇(白)! 아니, 언니! 우리가 이렇게 서 있는 동안 눈이 자꾸 내려서 우리가 눈 가운데 폭 파묻혀 버렸으면…….."

하고, 커다란 눈을 반짝였다.

우리는 함께 웃었다. 그리고 옷 위에 쌓인 눈을 서로 바라보았다.

가로등을 향해 펄펄 날리는 눈발이 마치 우리를 눈 속에 파묻으려는 듯싶었다. 이윽고 함께 걷기 시작하였을 때 나의 가슴은 이국정서로 가득해지며, 남의 나라를 방랑하는 듯 노스탤지어의 마음으로 자못 설레었다.

— 발표연도 미정. 1930년대로 추정

---

*〈눈 오던 그날 밤〉이란 제목으로도 알려져 있다. 하지만 이는 잡지사에서 작가에게 원고를 청탁할 때 주어진 주제일 뿐 제목과는 거리가 멀다는 것이 정설이다.

수선(水仙)

__이태준

　　최근 한 달 동안 사(社, 회사) 일로, 무슨 모임으로, 또는 밤이 긴 때이니 친구와 찻집에서 이야기로인해 늦어서야 집에 들어오곤 했습니다.

　　아이와 아내는 이미 잠들어 있었습니다. 바람이 있으면 풍경이 뎅그렁 해줄(큰 쇠붙이이나 방울, 종 따위가 흔들리거나 부딪치는 소리 또는 그런 소리를 냄) 뿐, 그리고 방에 들어서면 문갑 위에 놓인 한 떨기 수선(水仙, 수선화)이 무거운 고개를 들기라도 하듯이 방긋한 웃음으로 맞아주었습니다.

　　수선.

　　"너는 고향이 어디냐?"

　　나는 지난밤 자리에 누우며 문득 그에게 이렇게 속삭였습니다.

　　그는 다음과 같이 도런도런(도란도란, 여럿이 나직한 목소리로 서로 정답게 이야기하는 소리. 또는 그 모양) 대답해주는 것 같았습니다.

"내 고향은 멀어요. 이렇게 추운 데는 아니에요. 하늘이 비취(짙은 초록색) 같고, 따스한 햇볕이 입김처럼 서리고, 그리고 물이 거울처럼 우리를 쳐다보면서 찰락찰락(적은 양의 물 따위가 자꾸 흘러넘치거나 가볍게 부딪치는 소리. 또는 그 모양) 흘러가는 곳이에요. 또 나비도 있어요. 부얼('벌'의 경기도, 강원도 방언)도 날라 오는 곳이에요."라고 하는 듯, 그의 말소리는 애처로워 내 마음을 에는 듯했습니다.

"그럼, 너는 이제라도 너의 고향으로 가고 싶으냐?"

"네, 네, 나는 정말 이렇게 춥고, 새소리도 없고, 새파란 하늘도 없는 이런 방 안에서 필 줄은 정말 몰랐어요."

"하늘이 보고 싶으냐?"

"네, 따스한 하늘 말이에요."

"새소리가 듣고 싶으냐?"

"네, 물소리, 벌 소리도요……"

"그럼, 왜 이런 방에서 피었니?"

"그건 내 운명이에요. 물과 기온만 맞으면 아무 데서나 피어야 하는 것이 내 슬픈 운명이에요. 그래, 나는 저녁마다 혼자 울기도 했어요."

나는 슬펐습니다.

나는 제게 사랑과 정성을 아끼지 않았습니다. 그래서 내 사랑에 만족했을 줄 믿었습니다.

사랑이란 잔인하기도 한 것. 나는 불을 끄고 누워 이 사실을 깨달았습니다. 그러나 어찌할까요? 나는 겨울이면 수선을 사다 기르는 것이 무엇보다도 탐내온 향락입니다. 그것은 나의 단념할 수 없는 행복이기 때문입니다.

민망한 일입니다.

—1941년 9월 수필집《무서록》

* 추운 겨울밤, 늦게 귀가해 식구들이 잠든 머리맡 문갑 위에 놓인 수선화 한 떨기와 대화하는 장면을 그리고 있다. 따뜻한 남쪽이 고향이라는 수선화에게 애처로운 감정을 느낀 작가가 "네 고향으로 가고 싶냐?"고 묻자, 수선화는 새파란 하늘도, 별도 없는 방 속에 갇힌 자신의 신세를 한탄하며 "그건 내 운명"이라고 답한다. 그런 수선화를 작가는 자신의 단념할 수 없는 행복 때문에 겨울마다 사다 기를 수밖에 없음을 고백한다.

'순서 없이 쓴 글'이라는 뜻을 지닌《무서록(無書錄)》은 제목에서부터 수필 장르의 특성이 고스란히 드러나는 책이다. 수필이란 '붓 가는 대로 쓰는 글'이란 뜻이기 때문이다. 그래서인지 이곳저곳 펼치는 대로 자연과 문학, 삶에 관한 저자의 놀라운 통찰력이 담긴 글들이 마구 뛰어나오며, 작가의 능력을 한껏 과시한다. 실제로 저자인 상허 이태준은 한국 근대문학의 손꼽히는 명문장가로 유명하다. '시에는 정지용, 소설에는 이태준'이란 말이 나돌 정도였다.

고향의 여름

___노자영

1

여름방학이 시작되어 집으로 돌아온 다음 날이었다. 아침 일찍 일어나 집 옆에 있는 채소밭으로 나가 보았다. 오이 넝쿨이 이리저리 뻗어서 손바닥같이 넓은 잎사귀가 너울너울 움직이고 있었다. 잎사귀에는 진주알 같은 이슬이 대롱대롱 맺혀 있었다. 그런가 하면 느티나무 아래서는 닭이 날개를 치며 울고 있는 것이 보였고, 박 서방 네서는 '음매'하는 송아지 울음소리가 들려왔다.

"참, 한가한 동네로군!"

나는 복잡한 도시를 떠올리며 눈앞에 있는 풍경을 마음속 가득 담았다. 유쾌하기 그지없었다. 그때 또 닭이 날개를 치며 목을 늘인 채 우는소리가 들려왔다.

"지난봄 학교에 갈 때 태어난 녀석이 벌써 저렇게 커서 날개를 치며 우네!"

나는 신기해서 그놈을 한참 바라보다가 다시 오이 넝쿨을 둘러보았다. 어른 팔뚝처럼 큰 오이가 주렁주렁 매달린 것이, 마치 대지(大地)를 베고 잠든 채 아침 꿈에서 아직 깨어나지 않은 듯했다.

나는 탐스럽고 만족스러운 마음에 오이를 만져 보다가 다시 감자밭으로 향했다. 파란 넝쿨이 어린애 더벅머리처럼 엉키어 땅이 잘 보이지 않았다. 넝쿨을 제치고 감자알을 손가락으로 파보았더니, 어른 주먹만 한 감자가 파면 팔수록 데굴데굴 굴러 나왔다.

"이렇게 신통하고 기쁜 일이 또 어디 있을까."

이 감자는 내가 도시로 떠나기 전 일꾼 한 명과 어머니, 나 이렇게 셋이서 직접 심은 것이었다.

"애야, 좀 쉬었다 해라!"

어머니가 헐떡거리는 나를 보며 애처로운 듯이 말했다.

"괜찮아요. 일도 해보니까 재미있네요!"

"애가 강단은 있어서……"

그러면서 나를 바라보며 빙긋 웃었다.

이렇듯 봄에 심은 감자가 벌써 어른 주먹처럼 크게 열렸다는 것은 매우 유쾌하고 신기한 일이었다.

"이런 신통한 일이 어디 있나. 불과 석 달 만에 이렇게나 컸다니……"

나는 혼자 중얼거리며 무슨 기적이라도 발견한 듯이 깜짝 놀라곤 했다.

사실 나는 감자를 그리 썩 좋아하진 않는다. 그 때문에 먹는 것보다는 캐는 재미를 더 좋아한다.

나는 주섬주섬 감자를 한 움큼이나 캐어놓았다.

"병길아, 뭐하니? 감자 그만 캐! 더 크면 캐야지!"

어머니가 밭으로 나오면서 나를 향해 외쳤다.

"감자 캐는 재미가 꽤 좋아요. 벌써 이렇게 어른 주먹처럼 컸어요."

"그래, 벌써 꽤 컸구나. 어른 주먹만 하네!"

"어머니, 이따가 이것 좀 삶아주세요. 설탕도 사 왔으니…… 네?"

나는 오랜만에 어머니를 향해 어리광을 피웠다.

"그래, 알았다. 그런데 잘 먹지도 않으면서…"

어머니는 바구니 가득 감자를 담아 집으로 들어갔다.

나는 집 대신 뜰 앞에 있는 개울을 향해 내려갔다. 감자를 캐느라 더러워진 손과 얼굴을 깨끗이 씻은 후 돌무덤에 자리를 잡았다. 개울 속에는 조그만 송사리 떼가 꼬리를 치며 왔다 갔다 하고 있었다. 꾸구리(토종 민물고기)나 가재도 심심찮게 보였다.

개울 반대쪽에는 어려서부터 봐왔던 처녀의 머리카락처럼 길길이 늘어진 몇천 오라기(길고 가느다란 조각을 세는 단위)의 버들가지가 물에 닿을락 말락 하게 덮여있었다. 그리고 그 좌우로는 느티나무가 열을 지어 서 있다. 그 무성한 잎사귀가 하늘을 가리고 그 사이로 조금씩 비치는 아침 햇살이 금실 오라기처럼 물 위로 흘러간다. 매미 몇 마리가 울더니 그만 그

치고, 잠시 후 까치란 놈이 와서 깍깍하고 울어댄다. 다시 저쪽에는 꾀꼬리가 흘러가는 물소리처럼 꾀꼴꾀꼴하고 울고 있다. 건넛마을 정 서방집 당나귀가 하품하듯이 우는 소리가 들린다.

2

아침을 먹은 후 뒷산에 올랐다. 멍석을 느티나무 아래 편 후 조용히 누웠다. 황해도 중에서도 제일 두메요, 그중에서도 제일 산촌인 이곳은 실로 동화(童話)에나 나올 법한 산국(山國, 산이 많은 나라)이다. 무성한 느티나무가 백여 그루 널려있고, 그 아래 풀이 드문드문 깔려있다. 그러다 보니 서늘하기가 이루 말할 수 없을 정도다. 특히 오백 년이나 묵었다는 네 아름(두 팔을 둥글게 모아서 만든 둘레)이나 되는 크나큰 노각(늙어서 빛이 누렇게 됨) 느티나무는 이 동네 사람들이 신목(神木, 신령이 강림하여 머물러 있다고 믿어지는 나무)이라고 해서 해마다 제사를 지낸다. 그뿐만 아니라 밤이면 도깨비가 방망이질한다는 전설이 있어, 애들은 무서워서 그 곁에 가지도 못한다. 또 한 천 가지 만 가지로 벌어진 나뭇가지는 온통 푸른 잎으로 하늘을 가리고, 그 아래는 언제나 서늘한 바람이 슬슬 불어 온다.

나무를 쳐다보니, 노란 다람쥐 한 마리가 이 가지에서 저 가지로 옮겨 다니며 재주를 부리고 있다. 나는 일어서서 '이놈'하고 돌맹이 하나를 던졌다. 그랬더니 깜짝 놀란 다람쥐는 어디로 도망가 버렸는지 더는 보이

지 않았다. 이때 어머니가 삶은 감자를 바구니에 가득 담아 가지고 올라
오셨다. 이 더위에도 무명적삼과 무명치마를 입은 어머니는 힘에 부친
듯 손으로 연신 땀을 훔쳤다.

"여긴 시원하구나. 식기 전에 어서 먹어라."

"어머니 베적삼이나 하나 해 입으시지!"

"어디 돈이 있어야지."

"뭐, 베적삼 하나쯤이야!"

"나는 일 년을 가도 내 몸을 위해서는 일 원도 안 쓴다. 그래도 네 학비
를 대려면 죽을 지경이야!"

"어머니 돈은 써야 생긴대요."

"철없는 소리 그만두렴! 나야 돈을 쓰면 뭐하니? 한 푼이라도 모아서
네게 줘야지?"

나는 항상 어머니의 뜨거운 사랑에 감격하고 있다. 하지만 이 더위에
도 베적삼 하나 못해 입고 무명적삼을 입은 채 여름을 나는 어머니를 생
각하면 그 심성에 더욱 감격하지 않을 수 없다.

어머니는 젊어서 홀로 된 후 나 하나만을 바라보고 지금껏 살아왔다.
젊어서는 잡화행상을 하며 적지 않을 돈을 모으기도 했다. 하지만 지금
은 사람을 두고 농사를 짓고 있다. 이에 그 열성과 성의를 생각하면 어린
마음에도 감격하지 않을 수 없었다.

"시원한데 누워서 책이나 보렴!"

"네, 아주 시원해요!"

어머니가 내려가신 후 나는 누워서 앞산을 바라보았다. 거기에는 작은 산, 중간 산을 넘어 크고 험상한 '돗바위'라는 큰 석산(石山)이 하늘가에 줄을 치고 있다. 또 그 서쪽에도, 남쪽에도 첩첩이 산이 산을 두르고, 산으로 성을 쌓고 있다. 그렇다. 이곳은 산의 나라요, 물의 나라요, 돌의 나라다. 나는 이곳에서 태어나 열여섯 살까지 자랐다.

동네 한복판에는 꽤 넓은 들이 있고, 그 들에는 밭이 널려있다. 또한, 골짜기마다 농사를 지을 수 있는 밭이 많이 널려있다. 이곳은 우리 집안이 대대로 살아온 산중왕국이었다.

자리에 누워 영어책을 몇 줄 읽다 보니, 도시로 공부하러 떠날 때 동구 밖까지 나와서 손짓을 하던 예쁜이가 이쪽을 향해 걸어오고 있었다. 나는 무의식적으로 반쯤 일어서서 얼굴을 약간 붉힌 채 인사를 건넸다.

"오래만이야, 잘 지내지?"

"공부하러 갔다더니, 언제 왔어?"

예쁜이는 이렇게 반말을 하며 곁으로 다가와 앉았다.

"그저께!"

"그래, 좋은 구경 많이 했지?"

"그럼, 기차도 타고, 배도 타고, 비행기도 보고, 전차나 전등도 보고……."

"그게 뭐야? 난 처음 들어보는 이름이네. 전등이 도대체 뭐야?"

"전기로 불을 켜는 것이지!"

"전기라니?"

"말하자면 번갯불이야!"

"정말! 번개로 어떻게 불을 켜? 원, 세상에……"

"어디 번개뿐인가. 비행기 타고 하늘도 나는데."

"원, 저런?"

"세상이 여간 발달했어야지?"

나는 예쁜이를 쳐다보았다. 희끄무레하고 통통한 얼굴, 함박꽃처럼 탐스러운 이마, 게다가 명주 수건을 푹 내려쓰고 분하나 바르지 않은 얼굴이건만 풍만하고 시원한 표정이 그리 밉지 않았다.

예쁜이는 나와 어려서부터 한마을에서 자랐다. 또한, 내가 이곳에서 십 리나 떨어진 '새몰'이란 동네에 있는 학교에 다닐 때부터 나를 유심히 바라보곤 했다. 나를 좋아했기 때문이다. 그래서 늘 나를 바라보며 웃기도 하고, 얼굴을 붉히기도 했다. 하지만 도시에서 예쁜 여학생을 실컷 본 내게는 그리 신통하지도 않았을 뿐만 아니라 정열을 끓어 올릴만한 상대도 못 되었다.

하지만 순진하고 살진 송아지 같은 그녀를 볼 때면, 더구나 열일곱 살을 겨우 맞이한 그녀의 붉은 웃음을 볼 때면 다소 마음이 설레지 않을 수 없었다.

"그래, 여름방학 동안 뭐했니?"

"그저 놀았지. 양잠하느라 늘 뽕이나 따러 다니고……"

"참 좋았겠네. 우리 속담에 '뽕도 따고 임도 딴다.'는 말도 있잖아. 하하하!"

"도시에서 살다 오더니, 어떻게 된 거 아니야?"

그녀는 손으로 내 등을 한번 때리는 척하더니 이내 얼굴을 붉혔다. 하지만 화를 내지는 않았다.

"그럼, 뽕만 땄어?"

"그럼, 뽕만 땄지."

"저런 예쁜 아가씨가."

"왜 무슨 문제 있어?"

"아니, 예쁜이라 예쁘니까 그렇지! 하하하"

우리는 얼굴을 붉히며 잠깐 함께 웃었다.

3

집으로 내려와서 점심을 먹은 후 들 구경을 나갔다. 동네에서 십여 리쯤 올라가면 중산막(中山幕)이라는 벌판이 있다. 거기에 우리 조밭이 네 군데나 있는데, 오늘이 조밭 김매는 날이었다.

어머니는 일찌감치 점심을 먹고 먼저 나갔고, 나는 느지막이 밀짚모자를 쓰고 손부채를 건들건들 부치면서 중산막을 찾았다.

찌는 듯한 날씨였다. 산모퉁이를 돌아 작은 시내를 건너니 조밭이 파랗게 펼쳐져 있었다. 아직 이삭은 피지 않았지만, 씩씩하고 굵직굵직한 것이 보기에도 좋았다. 나는 조 밭머리 느티나무 아래 한가히 앉아서 부채를 부치고 있었다. 일꾼들은 밭 한복판에서 김을 매고 있어서 보이지 않았다.

잠시 후 쉴 때가 되었는지 일꾼들이 밭머리로 걸어 나왔다. 그러더니 얼굴 가득 흐르는 땀을 주먹으로 씻어내면서 내게 인사를 건넸다.

"에—고, 더워 죽겠다!"

"이놈의 일을 늙어 죽도록 해야 하니……"

"늙어 죽는 것은 고사하고, 이렇게 고생하고 지랄해도 먹을 게 없으니……"

그들은 이야기를 나누며 죄 없는 호미 탓을 했다.

"제기랄, 이놈의 호미는 저승에서부터 내게 붙어왔나?"

그때 김 잘 매기로 소문난 박 서방이 호미를 내던지며 말했다.

"에—고, 죽겠다! 난 오늘 죽는다, 죽어."

그러더니 눈을 치켜뜬 채 입을 실룩거리며 죽는시늉을 했다.

"호호호, 정말 죽으려나."

"아저씨, 제발 참으세요. 돌아가시면 안 돼요."

"저 사람 정말 죽겠네!"

"이놈 못죽으면 내 아들이다."

일꾼들은 손뼉을 치며 웃어댔다. 그러자 박 서방은 그만 숨이 차서 땅바닥에 털썩 주저앉아버렸다.

"너무 속이 상하니까, 가끔 이런 연극이라도 해야지."

"아저씨, 좀 더 해보세요."

"이놈 죽는다고 해놓고, 못 죽는 놈은 개똥만도 못 하다!"

그들은 또 이렇게 이야기를 나누며 느티나무 아래 이리저리 쓰러져 누웠다.

서늘한 바람이 부드러운 발자국으로 그들의 가슴을 밟고 지나간다. 유난히 높은 하늘은 쪽빛으로 물들고, 하얀 눈덩이 같은 구름 몇 점이 보기 좋게 피어올랐다. 그 사이에 일꾼들은 드르렁드르렁 코를 골며 잠이 들고 말았다.

4

다음날, 나는 내가 좋아하는 낚시를 하러 갔다. 동네에서 남쪽으로 조금만 내려가면 청류대(淸流臺)란 바위가 있다. 이 바위는 층암(層岩, 계단처럼 층층이 만들어진 바위)으로 펼쳐있는 괴암(怪巖, 괴상하게 생긴 바위)으로, 큰 시냇물이 둘레를 치며 흘러간다. 조그만 웅덩이가 진 곳에는 바위가 널려 있고, 그 아래에는 손바닥 같은 돌천어(石川魚, 석천어)가 시글시글 몰려다닌다. 이에 버드나무 아래서 낚시를 드려놓고 있으면 이놈들이 몰려와서 낚시를 물다가 그만 나의 밥이 되는 것이다. 그 맞은편에는 돗바위(帆石, 범석)라는 기괴한 암석이 솟아있어서 마치 배의 돛대 모양 같은 풍경을 이루고 있다.

나는 아침부터 낚시에 그만 재미를 붙이고 말았다. 이에 돌천어, 중태,

메기, 꾸구리(잉엇과의 민물고기) 등을 한 망태기(물건을 담아 들거나 어깨에 메고 다닐
수 있도록 만든 그릇)나 잡았다.

동네 입구에 다다랐을 무렵, 예쁜이가 바구니를 들고 이쪽을 향해 걸
어오는 것이 보였다.

나는 가슴이 설레는 것을 꾹 참으며 천연덕스런 표정으로 그녀에게 말
을 걸었다.

"어디 가니?"

"어, 뽕 좀 따려고."

어쩐지 얼굴이 좀 붉어지는 것이 보였다.

"내가 좀 도와줄까?"

"정말? 그러면 고맙지."

예쁜이는 매우 기뻐하는 눈치였다.

"하지만 남들이 흉보지 않을까?"

"뭐, 뽕 따는데 누가 뭐래? 또 흉보면 말지, 뭐."

그녀가 제법 세게 나왔다.

"그럼, 나도 따라가서 도와줄게."

나는 그녀의 뒤를 따라나섰다. 고기 망태기를 들고 그녀를 따라가는
것이 어쩐지 좀 싱거워 보였다. 하지만 싫지만은 않았다. 그녀의 삼단 같
은 머리와 통통한 발이 매우 예뻐 보였다. 우리는 도시 이야기, 기차 이야
기, 비행기 이야기 등을 주고받으며 제법 많은 양의 뽕을 땄다. 그리고 서
로의 얼굴을 쳐다보며 어색한 듯이 웃었다.

해가 질 무렵, 우리는 집으로 향했다. 그러던 중 동구 밖에 있는 야생살구나무 아래서 갑자기 발길을 멈추었다.

나는 나무꼭대기를 쳐다보며 이렇게 말했다.

"아직도 저 끝에 살구가 있네."

"우리 올라가서 딸까?"

"너 나무에 오를 줄 알아?"

"그럼, 그까짓 것 아무것도 아니지 뭐."

그와 동시에 그녀는 뽕 바구니를 땅바닥에 내려놓고 나무를 기어오르기 시작했다. 나 역시 그 뒤를 따랐다. 그녀는 몸이 뚱뚱한 데도 다람쥐처럼 나무를 제법 잘 탔다. 그리고 마침내 꼭대기까지 올라가 남아 있는 살구 몇 개를 땄다. 그리고 그중 한 개를 내게 건넸다.

"자, 먹어봐!"

나는 덥석 받아서 씹어 보았지만 시고 떫을 뿐, 맛이라고는 없었다.

"에그, 시어!"

그와 함께 살구를 땅으로 내던져버렸다. 하지만 그녀는 인상 한 번 찌푸리지 않고 맛있게 먹었다.

나는 한참이나 나무에 붙어 있다가, 그녀가 있는 곳까지 다시 기어 올라가 함께 큰 가지에 걸터앉았다. 공연히 가슴이 설레었다. 하지만 그녀는 아무 말 없이 살구 잎만 따서 땅으로 던지고 있었다. 그러던 중, 그녀가 갑자기 뒤뚱거리며 떨어지려고 했다. 나는 있는 힘을 다해 그녀를 붙잡았다. 그리고 그녀를 끌어안았다.

잠시 후 추락의 무서움이 지나간 뒤 그녀는 내게서 몸을 빼려고 했다. 그러나 나는 살진 암소 같은 포근한 그녀의 몸을 놓아 줄 수 없었다. 이에 더 힘을 주어 그녀의 몸을 꽉 껴안았다. 잘 익은 감처럼 보드랍고 달콤한 포옹의 마취! 통통한 가슴의 포근한 탄력! 눈에 아무것도 보이지 않았다. 그녀는 그녀대로 고개를 숙인 채 가만히 있을 뿐이었다. 결국, 내 입술은 그녀의 입술을 점령하고 말았다. 살구나무에는 저녁 빛이 핏빛처럼 붉게 물들고 있었다. 나는 언제까지고 그녀를 안은 채로 나뭇가지에 앉아 있었다. 어여쁜 한 쌍의 새처럼!

해가 지고 서늘한 저녁 빛이 넓은 장막을 가지고 몰려오기 시작하였다. 나는 그녀를 놓아준 후 얼굴을 쳐다보았다. 하지만 그녀는 무엇이 부끄러운지 여전히 고개를 숙이고 있었다. 얼핏 보니, 하얀 얼굴이 앵두 빛처럼 벌게져 있었다.

건넛마을 오 서방이 소를 끌고 저편으로 올라오는 게 보였다. 나는 갑자기 싱거운 생각이 나서 주머니에서 성냥을 꺼내 불을 그었다. 그리고 소가 살구나무 아래를 지날 때 소 등에 그것을 떨어뜨렸다. 그러자 그만 소털에 불이 붙고 말았다. 이내 소는 뜨거움을 참기 위해 소리를 치며 네 굽을 들고 내달았다.

"앙!"

"이놈의 소가 왜 야단이야!"

이유를 모르는 오 서방은 고삐를 쥔 채 번개같이 따라갔다. 그 모습을 지켜보던 나는 그만 웃음이 터져 나왔다. 예쁜이 역시 호호하며 배를 쥐고 웃었다.

나는 그녀의 손목을 잡은 채 내 앞으로 잡아당겼다.

"집에 가자, 응?"

그러고는 나무에서 내려와 집을 향해 발걸음을 옮겼다.

5

며칠이 지났다. 저녁을 먹은 후 마당에 멍석을 깔고 앉았다. 집에서 일하는 사람 하나가 관솔불(송진이 많은 소나무 가지나 옹이에 붙인 불)을 켜놓았다. 그 옆에서는 모닥불이 번쩍번쩍 타고 있었다. 서늘한 여름밤이었다.

잠시 후 이웃집 박 서방과 복녀 어머니, 만돌 아주머니가 놀러 왔다.

어머니는 삶은 옥수수를 가져다가 한 개씩 나눠주며 먹으라고 권했다. 모닥불에서 옥수수를 먹으며, 지난번 어느 밤에 건넛마을에 호랑이가 왔었다는 말과 함께 정 서방네 강아지를 늑대가 물어갔다는 이야기 등을 들었다.

저쪽 느티나무 그늘에서 반딧불이 반짝반짝하며 숲 옆에서 불을 켜고 있었다. 화장실 지붕 위에는 하얀 박꽃이 소복한 처녀처럼 고개를 숙이고 있었다.

나는 마당 한편에서 반딧불을 보고 있었다. 그때 갑자기 우리 집 개가 멍멍하고 짖었다. 고개를 들어 쳐다보니, 예쁜이가 우리 집을 향해 걸어오는 것이 보였다. 그녀는 우리 어머니와 마을 사람들에게 인사를 건넨 후 내 곁으로 와서 앉았다. 하얀 모시 적삼과 검은 치마—밤이지만 여간 단장을 한 게 아니었다. 하지만 뭐가 부끄러운지 맥없이 고개를 숙이고 있었다.

느티나무 위에는 별이 주렁주렁 매달렸고, 채소밭 울타리에는 반딧불 한 마리가 반짝반짝하며, 마치 미행하는 사람처럼 조심스럽게 날고 있었다.

이를 본 예쁜이는 토끼처럼 껑충껑충 뛰어서 그곳으로 갔다.

"반디, 반디, 반딧불! 여기에 불을 주렴."

그녀는 달아나는 반딧불을 쫓았다. 그리고 반딧불을 잡은 뒤 울타리에서 호박꽃을 따서 그 속에 집어넣었다. 그러자 호박꽃은 조그만 황금 초롱('등롱'을 달리 이르는 말. 등롱 안에 주로 촛불을 켜기 때문에 붙여진 이름이다)이 되었다. 그녀는 그것을 세 차례 반복했다.

잠시 후 호박꽃 초롱 세 개를 켠 그녀가 풀밭 위를 걸었다. 나는 그녀를 향해 급해 뛰어갔다. 그러자 그녀가 내게 반딧불을 하나 내주었다. 그렇게 해서 둘이서 검은 밤을 긴 채 캄캄한 길을 말없이 걷고 또 걸었다.

반딧불이 또 한 마리 날아왔다. 나는 그것을 잡아 그녀에게 건넸다.

"이것 좀 보렴. 꼭 새색시 눈 같아."

"뭐, 그까짓 반딧불이?"

그러면서 내 팔을 붙잡았다. 이에 나는 그녀를 꼭 끌어안았다.

"병길 씨! 나도 가을에 병길 씨 따라서 도시에 갈 테야!"

"안돼!"

"병길 씨 보고 싶어서 어떻게 혼자 있어."

"그래도……"

"아니, 꼭 따라갈 테야!"

그녀는 내 허리를 꼭 안으며 어리광을 했다.

어디서 소쩍새 우는 소리가 들려왔다. 그리고 잠시 후 나를 부르는 어머니의 목소리가 들렸다.

"병길아, 참외 먹어!"

우리는 다시 어머니가 부르는 곳을 향해 걷기 시작했다. 나무 숲 속에서는 흘러가는 물소리가 유난이 서늘하게 들렸다.

―1938년 수필집 《인생안내》

도피행

___김남천___

이 짧막한 이야기의 남녀 주인공 이름은 '광식'이와 '안나'다. 물론 광식이가 '남자'고, 안나가 '여자'다. 광식이는 청년 소설가이요, 안나는 종로 어떤 바에서 일하는 착하고 예쁘장하게 생긴 여급이다. ─ 이렇게 말해도 여러분은 이 두 젊은 남녀를 알지 못할 것이다. 특히 《조광》만 사보고 《여성》이라는 여성잡지를 사 읽지 않은 사람은 아마 잘 알지 못할 것이다. 사실인즉슨, 이 두 사람은 《여성》에 연재되고 있는 〈애인〉이라는 소설의 주인공이다. 그러니까 이 두 사람의 이름을 지어준 사람은 〈애인〉의 작가 안회남 군이다.

나는 이 자리에 그 두 사람을 잠시 빌려오고자 한다. 이 두 남녀의 창조자인 안회남 군은 나와 친분 있는 사람으로, 언제 엽서를 통해 다음과 같이 두어 마디쯤 적어 보내면 될 터이다.

"귀형의 창조물 두어 분을 빌려 함께 산책이라도 하려고 하니, 그리 아시길 바랍니다."

광식이와 안나는 벌써 두어 차례《여성》지에서 대면한 적이 있다. 그러므로 좋은 말로 꾀이면 어렵잖게 내 말을 들어줄 것이다. 그래서 지금 이 두 아리따운 젊은 연인을 데리고 인천 월미도에라도 하루쯤 가보려고 한다.

《여성》을 읽지 않은 분들을 위해 두 사람을 간단히 소개하자면 다음과 같다.

광식이는 청년 소설가로 아내도 있고, 자식도 있다. 또 먹고 살 만큼 재산 역시 충분하다. 그런데 어느 날, 안나가 일하는 바에 갔다가 이러저러한 얘기 끝에 연애를 시작한다. '이러저러한' 연애 과정을 설명하라고? 그거야 굳이 이러니저러니 하지 않아도 상상만으로도 충분하지 않을까.

남자란 술잔이나 들어가면 때때로 싱거워지는바, 광식이 역시 술 몇 잔에 얼큰해져서 글줄이나 쓰는 척, 점잖은 척, 돈 좀 있는 척, 그리고 여자의 심리에 대해서 제법 아는 척했을 것이고, 안나 역시 이에 은근히 반했을 것이 뻔하다.

비록 여급이지만 안나는 마음씨 곱고 얌전한 천생 여자다. 물론 소설에 나올 만한 여자니 얼굴 역시 예쁘다. 나아가 악녀가 아닌지라 점잖은 청년을 좋아하고, 평범한 여자인지라 소설깨나 쓰는 사람을 우러러보았고…… 그 결과, 두 사람은 만남과 동시에 서로 호감을 느끼다가 작가인 안 군은 물론 이 글을 쓰고 있는 나도 모르는 사이에 사랑에 빠지고 말았다. 그런데 얼마 후 그만 두 사람 사이에 깜짝 놀랄 일이 하나 생겼다. 물론 광식이게 처자가 있으니 그것만으로도 그들의 사랑에 파란(波瀾)이 있을 것은 당연했다.

어느 날, 두 사람이 창경원 산책을 하던 때였다. 안나가 깜짝 놀랄 고백을 했다. 자신에게 남편이 있다는 것이었다.

처자가 있는 사내와 남편이 있는 여자—과연, 이 두 사람의 사랑은 어떻게 될 것인가?

어젯밤, 광식이는 바에 들러 날도 덥고 하니 인천이나 다녀오자며 안나와 약속을 하였다.

"안나 씨, 남들은 금강산이니, 석왕사니, 원산이니 하지만, 우리는 인천이라도 한번 가 봅시다. 가서 바람이라도 한번 쐬면서 이 좁은 서울에서 잠시라도 벗어나 봅시다. 아무도 보지 않고 엿듣지 않는, 우리 단 두 사람만의 세계를 단 하루라도 만들어 보자고요. 그리고 칼로 무 자르듯이 우리 관계를 딱 끊어버립시다."

술기운도 있는 데가 소설을 쓰는 작가인지라 제법 연극조로 소곤소곤하게 말했다. 그러나 안나는 냉정하게 머리를 살랑살랑 저어버렸다.

"안 돼요. 이 자리에서 우리 관계를 딱 끊어야 해요. 선생님도 다시는 여기에 오지 마시고, 저는 저대로 곧 짐을 싸서 시골로 내려가겠어요."

"그러니까 인천에 가서 모든 감정과 우울한 심사를 바다에 깨끗이 씻어버리고 돌아오자는 게 아닙니까?"

광식이 재차 요구하자 안나 역시 결국 머리를 수그리고 말았다.

'이것이 마지막이라고 하면서, 그동안 몇 번을 더 만났었던가. 이제 인천이 마지막, 바다가 마지막이라고 하지만……'

안나는 이렇게 생각했다. 물론 이런 생각은 광식도 하고 있었다. 더는 만나서는 안 된다고, 다시는 안 만나리라고. 하지만 그렇게 다짐하고 헤어지면 또다시 금방 보고 싶은 것을.

안나가 다소곳이 머리를 수그리고 있는 틈을 타 광식이 제 말을 이어 간다.

"그럼, 내일 아침 아홉 시까지 역으로 나오세요. 이등 대기실에……"

깜짝 놀란 안나가 머리를 들었다. 약속을 뿌리치려는 것이었다. 그러자 이를 눈치채기라도 한 듯, 광식이 자리에서 일어나 계산대를 향해 걸어갔다.

"계산서 가져올 테니, 자리에 앉아 계세요."

속이 탄 안나는 광식이 다시 의자에 앉기만을 기다렸다. 하지만 계산을 끝낸 광식은 그대로 밖으로 나가버렸다.

이렇게 해서 두 사람은 오늘, 여름도 복중으로 접어든 맑은 공휴일 아침, 인천 가는 기차에 몸을 싣게 되었다.

"오늘은 또 어디 가시게요?"

꼬치꼬치 캐묻는 아내를 떨치고 집을 나선 광식이었다. 안나 역시 사람들의 눈을 피해 다른 남자와 놀러 가는 것이 꺼림칙하긴 마찬가지였다.

'이제 더는 만나지 않을 것이니, 오늘 하루쯤 같이 보낸들 어쩌랴.'

한 시간 넘게 차창을 내다보며 마주 앉아 이야기하고 즐기는 사이, 두 사람은 마음을 짓누르는 착잡한 감정에서 다소 벗어날 수 있었다.

인천역에서 내린 두 사람은 다른 손님 사이를 비집고 들어가 월미도 가는 버스를 탔다. 승객으로 가득 찬 버스는 몹시 느렸다. 그래도 바다를 양쪽에 끼고 판판한 시멘트 길을 달릴 때는 제법 속도가 빨라졌다.

잠시 후 버스가 월미도에 도착했다. 자갈을 깐 나무속의 굽은 길을 굽이굽이 돌아서 버스는 조탕(潮湯, 바닷물을 끓여서 이용하는 목욕탕)이 있는 정류장 앞에 멈췄다.

"간단하게 점심이라도 먹을까요?"

광식이 수영장을 바라보며 말했다. 이미 많은 사람이 헤엄을 치거나 물을 끼얹고 있었다.

"아직 괜찮은데, 저리로 가세요."

안나가 모래가 깔린 바닷가를 가리켰다.

"그럼, 그렇게 하시죠."

두 사람은 나란히 서서 백사장을 향해 걸었다. 백사장 위 그늘진 곳에 벤치가 있었다. 누가 권하지도 않았는데, 약속이나 한 것처럼 두 사람은 그 낡은 의자에 가지런히 걸쳐 앉았다. 멀찌감치 흰 모자를 쓴 여학생이 그림을 그리고 있는 것이 내려다보였다.

흰 구름이 바다 저편에 가볍게 떠 있었다. 그 앞으로 범선 세 척이 지나가고 있다. 물새 몇 마리가 날개를 번뜩이며 물 위를 날다가 범선 뒤로 숨어버렸다. 바다는 고요해서 물소리 역시 은은했다.

"휴―, 언제까지나 이렇게 나란히 앉아서 바람도 쐬고, 달도 봤으면."

안나가 한숨을 길게 내쉬며 말했다.

"소원이라면 그렇게 하시죠. 못할 일도 아니잖아요?"

광식이 안나의 근심 어린 얼굴을 들여다보며 말했다.

"그렇게 할 수 없으니까 하는 말이지요. 아니, 할 수는 있지만 하고 난 뒤가……"

"이제 그런 생각은 그만두고 자연 속에 우리의 혼을 묻어봅시다. 모든 걸 잊고……"

광식이 안나의 손을 꼭 쥐었다. 그러자 안나가 얼굴이 발개진 채 낯을 수그린다. 광식은 그런 안나의 허리를 팔로 감았다. '안 됩니다'라고 말하려는 안나의 표정이 뭔가를 기대하는 것처럼 보였다.

광식은 안나의 얼굴 가까이 입술을 가져갔다.

"이대로 항구까지 걸어갑시다."

두 사람은 의자에서 몸을 일으켜 해변과 반대 방향을 향해 걸었다.

기선이 들어오는 것이 보였다.

"차라리 이대로 먼 곳으로 갔으면……"

안나가 웃으면서 광식의 얼굴을 쳐다보았다.

"그럼, 이 길로 대련이나 상해로 갈까요?"

두 사람은 발을 멈추고 그 자리에 우뚝 섰다. 바닷물이 몰려와 바위에 부서지고 있었다.

와―아, 하고 물결이 몰려왔다가 물러간 뒤에 기적이 부―웅 운다.

―1939년 8월 《조광》

여행지에서 만난 여자
__이익상

신문사를 퇴사하던 이튿날—8월 10일 밤의 일이다. 모처럼 만의 휴식에 한껏 한가로움을 맛보고자 하는 욕심에 석왕사(釋王寺)에 다녀오기로 하고 집을 나섰다.

종로에서 전차를 탈 때부터 나는 여행 기분에 들떠 몹시 설레었다. 여행하는 사람의 특성과 여행의 성질에 따라 여행하는 사람이 느끼는 바는 다르겠지만, 나의 그때 여행은 매우 감상적이었다. 4년이나 다닌 정든 회사를 그만둔 섭섭한 마음 때문이었는지, 내 가슴은 왠지 모르게 두근거렸다.

그렇지 않아도 여행은 고독하기 그지없건만, 그날은 유독 세상의 모든 것을 다 버리고 혼자 떠나는 것처럼 외로웠다. 그런 만큼 사람이 몹시 그리웠다. 이에 전차 안에서 한참 동안 눈을 감고 울렁거리는 가슴을 진정

시키고 있을 때였다.

누군가 어깨를 흔들었다. 나는 눈을 번쩍 뜬 채 그를 올려다보았다.

고향사람 R이었다. 그런데 그의 손에는 여행 가방이 들려 있었다.

"어디 가나?"

그를 향해 물었다.

"누가 어디를 좀 간다고 해서."

"누구?"

"저, 저, 저기……"

그가 말을 더듬거리며 턱짓으로 건너편을 가리켰다. 날씬하고, 얼굴이 하얀 여자 하나가 차창 밖을 내다보고 있었다. 트레머리(가르마를 타지 않고 뒤통수 한복판에 넓적하게 틀어 붙인 여자의 머리)에 에나멜 구두를 신은 것이 유독 눈에 띄었다.

순간, 호기심이 번쩍 일었다. 이에 물어보지 않아도 될 말을 다시 그에게 묻고 말았다.

"어디를 가는 데?"

"원산으로 해수욕을 간데."

나와 같은 방향이었다. 하지만 그녀는 원산이요, 나는 석왕사였다.

"그러면 나와 한 차로 가겠군?"

그때 여자가 우리 쪽을 향해 머리를 돌렸다. 얼굴에 비해 눈과 입이 눈에 띄게 작았다. 그러고 보니 극장에서 더러 본 듯한 기억이 났다.

"무슨 일이라도 있나?"

"차차 말함세!"

그 후 그는 입을 닫아버렸다. 그러니 꼬치꼬치 캐물을 수도 없었다.

그렇게 해서 우리는 아무 말 없이 기차역까지 가야 했다. 하지만 한 번 호기심을 가진 이상, 그 여자의 행동이 눈에 띄지 않을 수 없었다. 더 놀라운 것은 그 여자를 배웅하기 위해서 따라온 남자가 그 혼자만이 아니었다는 것이다. 그들은 그녀 주위를 감싸고 있었다. 그래서일까. 그녀는 마치 봉건시대 여왕처럼 교태를 부리고 있는 듯했다.

기차가 떠날 시간이 가까워지자 나는 자리를 보전한 채 그대로 누워버렸다. 혹시나 하고 그녀를 찾아봤지만 보이지 않았다. 그녀와 나는 좌석 등급이 달랐기 때문이다.

매캐한 석탄 냄새와 사람들이 내뱉는 탄산가스로 인해 혼탁해질 대로 혼탁해진 공기를 밤새도록 마신 후, 아침 해가 차창에 비칠 때쯤 기차는 석왕사 역에 도착했다. 석탄 연기에 까맣게 그을린 얼굴 가득 서늘한 새벽바람을 맞으며 나는 출구로 향했다.

그런데 이게 웬일인가. 원산으로 해수욕을 간다던 그녀가 내 앞에 걸어가고 있는 게 아닌가. 무슨 사연이라도 있는 걸까. 그래서 원산에 간다며 거짓말을 했던 건 아닐까. 물론 그녀로부터 직접 그 말을 들은 것은 아니었다. 하지만 R의 말과 전혀 다른 곳에 있는 그녀의 모습이 더욱 호기심이 일게 했다.

그때 그녀가 갑자기 뒤를 향해 돌아섰다. 그리고 나를 쳐다보는 것 같았다. 어젯밤 R과 내가 이야기를 나누는 걸 알고 있는 걸까. 사람을 쳐다보는 것이 뱃속을 훑어내기라도 하는 것처럼 매섭기 그지없었다. 그러고 보니 그녀는 옷이 바뀌어 있었다. 어제와 똑같은 것은 에나멜 구두뿐이었다.

잠시 후 나는 차를 타고 석왕사 근처에 있는 여관으로 향했다. 그리고 차에서 내리자마자 다시 그녀를 찾았다. 하지만 어디로 사라졌는지 그림자조차 보이지 않았다. 석왕사에 들렀다가 원산에 가려는 것이리라.

며칠 후—

그동안 아침저녁으로 약수터에 물을 마시러 다녔던 나는 그 반복된 일상에 적잖이 염증을 느끼고 있었다. 이에 그날 아침은 평소보다 늦게 약수를 마시러 내려갔다. 그런데 그곳에 화장을 정성 들여 한 그녀가 있는 게 아닌가. 때마침 그녀는 물병을 들고 약수터 안으로 들어오고 있었다. 어깨를 서로 나란히 해서 만나는 것은 처음이었다. 그녀 역시 한두 번 본 것이 아니란 걸 알고 있는지 묵례에 가까운 인사를 건넸다. 낯선 여행지에서 이런 친근함을 느껴보는 건 처음이었다. 생각건대, 이런 경우 같은 남성이라도 흐뭇하고 반갑기 그지없을 것이다. 하물며, 꽃같이 아름다운 여성이 인사를 건네는 데 내 마음인들 두근거리지 않을 수 있겠는가. 말할 수 없는 '쇼—크'임이 틀림없었다.

결국, 나는 그녀의 얼굴을 넋을 놓은 채 바라보다가 그만 물을 뜰 타이밍을 놓치고 말았다. 그러자 그녀가 물병을 든 채 나를 멀거니 쳐다보는 게 아닌가. 물을 줄 테니, 컵을 앞으로 내놓으라는 것이었다. 나는 '고맙다'는 말을 건넨 후 컵 가득 물을 받아 여러 번에 걸쳐 나눠 마셨다. 그때가 그녀와 처음으로 말을 나눈 순간이었다.

어디에 묵고 있는지 묻고 싶었지만, 이상하게 생각할 것 같아서 그만두고 말았다. 그리고 그녀는 곧장 산 아래로 내려가고, 나는 일행과 함께 산 위로 올라갔다.

그 후 약수터에 가는 길에 두어 번 더 그녀를 만났다. 그때마다 우리는 가벼운 묵례를 나누었다.

이삼일 후 다른 여관에 머물고 있던 K형과 함께 원산 해수욕장으로 하루 동안 피서를 다녀오기로 했다.

우리는 석왕사 역에서 기차를 타기로 했다. 그런데 그곳에 또 그녀가 있었다. 처음에는 누군가를 마중 나왔거니 했다. 하지만 웬걸 우리와 똑같이 차표를 사지 않겠는가. 그녀 역시 원산에 가는 게 틀림없었다. 하지만 어쩐 일인지 오늘은 본체만체 인사조차 건네지 않았다. 그렇다고 내가 먼저 인사를 건넬 수도 없었다. 그렇게 해서 우리는 기차가 원산역에 도착할 때까지 눈 한 번 마주치지 않았다.

기차 안에서 보니 그녀 옆에는 어머니인 듯한 중늙은이와 동생인 듯한 어린 여자아이가 함께하고 있었다. 하지만 그게 나와 무슨 상관이랴.

잠시 후 원산역에서 내린 그녀 일행은 차를 바꿔 타고 급히 사라졌다. 우리는 시내를 어슬렁거리다가 정오 즈음, 송도원(松濤圓) 해수욕장으로 차를 몰았다.

문득 그녀가 이곳에 오지 않았을까, 라는 생각이 들어 여기저기 살펴봤지만, 그녀의 모습은 어디에도 없었다.

생각할수록 이상했다. 어쩌면 매일 하던 인사를 그렇게 냉정하게 끊어 버린 채 모른 척할 수 있단 말인가. 머리가 혼란스러웠다.

그날 저녁, 우리 일행은 다시 석왕사로 돌아가기 위해 원산역으로 갔다. 그런데 이건 또 무슨 일인가. 이번에도 그곳에 그녀가 있지 뭔가.

그녀 역시 다시 돌아가는 길임이 틀림없었다. 아침과 다른 점이 있다면 이번에는 혼자라는 것이었다. 그렇다면 그 중늙은이와 여자아이는 과연 어디로 갔을까.

그렇게 해서 우리는 아침과 마찬가지로 아무 말도 없이 차를 타고 석왕사로 돌아왔다.

그로부터 며칠 후 약수터에서 그녀를 또다시 만났을 때였다. 그녀가 다정하게 인사를 건네는 게 아닌가. 이에 나는 그 인사란 결국 약수터에서만 하는 인사인가보다 하고 혼자 웃고 말았다.

이틀 후—

삼방(三防)에 들렀다가 집에 돌아가기 위해 기차역으로 걸어가고 있을 때였다. 갑자기 차 세 대가 급히 달려오는 것이 보였다. 얼핏 살펴보니, 그 중 한 대에 그녀가 타고 있는 듯했다. 그리고 또 한 대에는 그녀와 백중(伯仲, 우열을 가릴 수 없을 만큼 비슷한)을 다툴 만한 미인이 타고 있었고, 나머지 한 대에는 불란서(프랑스)식 수염을 기른 중년 남성이 타고 있었다. 풍채가 당당한 것이 돈깨나 있어 보였다.

기차역에 도착해보니, 과연 그녀가 기차를 기다리고 있었다. 그러나 이번에도 나를 모르는 척했다. 역시나 그 인사란 약수터에서만 건네는 인사였나 보다.

기차가 삼방에 도착하자 나는 서둘러 짐을 챙겨 내렸다. 그런데 이건 또 무슨 일인가. 그녀 일행 역시 이곳에서 내리는 게 아닌가.

그동안 그녀와 나는 서울에서 석왕사까지, 또 석왕사에서 원산까지, 석왕사에서 삼방까지 무슨 약속이라도 한 것처럼 하나가 되어 움직였다. 어떻게 보면 내가 그녀를 미행이라도 하는 듯했다. 그녀 역시 그것이 이상했는지 잠시 나를 쳐다보며 일행과 이야기를 나누었다. 혹시 그들에게 이렇게 말한 것은 아니었을까.

"어머, 저 사람이 나를 따라다니나 봐요"

―이를 바꿔 말하면 그녀가 나를 미행하는 것인지도 모르지만―

나는 깊은 산협(山峽, 산속 골짜기)을 오른 끝에 백수(白水)여관에 짐을 풀었다. 그리고 광장 휴게실에 앉아 K군과 R군에게 그녀와의 기인한 인연에 관해서 이야기하며 함께 웃었다. 그러던 찰나, 양장(洋裝, 옷차림이나 머리 모양을 서양식으로 꾸밈. 또는 그런 옷이나 몸단장)한 여자가 우리 앞을 지나갔다.

아뿔싸! 이번에도 그녀였다. 그러나 이번에는 서로의 얼굴과 눈을 피할 수 없었다. 그러자 그녀가 머리를 숙여 인사를 받는 사람이 아니면 모를 정도로 슬쩍 인사를 건넸다. 그리고는 서둘러 밖으로 나가버렸다.

"저 여자가 요전에 여기 와서 돈을 물 쓰듯이 쓰고 갔다고 평판이 자자한 여자입니다. 또 올 때마다 함께 오는 남자가 다르다고 하더군요."

내 마음도 모른 채 R군이 손으로 입을 가리며 서둘러 말했다.

그 이튿날까지 그곳에서 그녀를 볼 수 있었다. 그러나 그 뒤로는 함께

온 중년 남자만 볼 수 있을 뿐 그녀의 모습은 어디에서도 볼 수 없었다.

그 뒤 우리끼리 얘기를 나누다 보면 말끝마다 그녀에 관한 얘기가 나왔다. 하지만 누구도 그녀의 정체에 대해서 확실히 알고 있는 사람은 없었다.

─과연 그녀는 뭐하는 여자일까?

서울로 돌아오는 기차 안에서 나는 '혹시 그녀가 타지 않았을까?' 싶은 생각에 차 안 여기저기를 유심히 살폈다. 하지만 그녀의 모습은 그림자도 보이지 않았다.

─1927년 10월 《별건곤》 제9호

나는 기차가 멀리 사라질 때까지 그 자리에 우두커니 서 있었다.

고운 유혹에 빠졌다가

__채만식

　도쿄로 건너갔던 해 첫 겨울이니 이럭저럭 벌써 십이삼 년이나 된 이야기다. (그러고 보니 나도 벌써 옛이야기를 하게 되었다)

　방학이 2주밖에 안 되는지라 고향에 돌아올 생각은 꿈에도 하지 못하고, 대신 시험이 끝난 시원한 마음에 하숙집에서 네 활개를 펼치고 벌떡 드러누워 있을 때였다. 현관문이 열리는 소리와 함께 나를 찾는 목소리가 들리더니, 잠시 후 하숙집 주인이 전보 한 장을 전해준다.

　타지에 나가 있는 사람에게 전보같이 귀찮은 것은 없다. 더구나 연로한 부모를 둔 사람에게는 더욱더——

　다행히 불길한 예감은 빗나갔다.

　전보에는 이렇게 쓰여 있었다.

　—여비 암만(밝혀 말할 필요가 없는 값이나 수량)을 보냈으니 곧 다녀가거라—

할 수 없이 짐을 챙겨 곧 도쿄를 떠났다. 하지만 속 좁은 사람의 속처럼 비좁고 갑갑한 협궤열차를 통해 시모노세키까지 이틀 밤 하룻낮을 간다는 것은 지독한 감기 이상으로 고약하기 그지없었다. 아마 겪어본 사람이면 누구나 다 알 것이다.

그러나 기차가 감기라면 배는 학질(瘧疾, 몸을 벌벌 떨며, 주기적으로 열이 나는 병이다)과도 같았다.

뱃멀미!

그때까지 세 번의 경험으로 미뤄보아 배를 타기 전에 음식을 먹으면 멀미가 더 심해진다는 것을 알았다. 이에 일부러 저녁을 거르고 연락선에 올랐다. 그러나 지나친 배고픔 역시 멀미를 더 심하게 할 뿐이란 것을 한 시간이 못 되어 온몸으로 체득하게 되었다.

넓고 깨끗한 이등실 옆을 지나면서 몇 번이나 돈을 조금 더 내고 갈아타고 싶은 생각이 간절했다. 그러나 눈을 질끈 감고 여덟 시간만 고생하기로 했다. ─차라리 부산 동래온천에서 노는 편이 훨씬 더 나았기 때문이다─이에 그대로 삼등실을 향해 내려갔다. 나무 계단이 물큰하고(연하고 부드러운 느낌이 날 정도로 물렁물렁한 상태)하고, 이상한 냄새가 밀려들었다.

그동안 연락선을 몇 번 타고 왕래하면서 새로운 어휘를 하나 배우게 되었다.

빈취(貧臭)──가난 냄새.

이는 가난 때문에 생기는 냄새로 매우 심하고 독특한 냄새를 풍긴다.

가령, 삼등실의 경우 지하 깊숙이 박혀 있어서 공기의 흐름이 원활하지 못한 데다 값싼 페인트와 원자재를 사용해 냄새가 유독 심하다. 더욱이 사람을 손님으로 여기지 않고 화물로 여기는 경우가 많아 정원(定員, 일정한 규정에 의해 정해진 인원)을 넘겨 태우는 경우 역시 많았다. 한 마디로 화물처럼 적재(積載, 물건을 실음)하는 것이다. 그 때문에 대륙 가까운 바다 위에서 그런 악성의 저기압이 발생한다면 큰 소동이 일어나지 않고는 배기지 못할 것이다.

좌우간 나는 그 냄새에 반죽음이 되어 이리저리 헤매다가 경우 자리를 하나 얻어 몸을 가로 엎드렸다. 도대체 우주가 넓다고 말한 자는 누구일까.

허구한 날을 두고 바다는 마치 택일이라도 한 듯 이날 밤 유독 풍랑이 높았다. 배가 물결 위로 쑥 올라갈 때는 그래도 괜찮았다. 문제는 배가 힘없이 쑥 내려갈 때였다. 도무지 형언할 수조차 없이 속이 뒤집혔다. 얼마나 힘든지 오장육부를 개복수술 해서 따로 우편으로 부치고 빈 몸뚱이만 배에 올라탔더라면 좋았을 것이라는 생각이 들었다. 뱃속에 든 모든 것이 목구멍을 통해 한꺼번에 넘어오려고 했다.

다행히 먹은 것이 없었기 때문에 추한 꼴은 면할 수 있었다. 하지만 속이 빈 탓에 곱절이나 멀미를 해야 했다.

그런 내 모습이 너무 불쌍해 보였던 것일까.

"차라리 토하세요! 그럼 더 나아요."라는 말이 등 뒤에서 들려왔다.

일본 여자의 목소리였다.

하지만 나는 돌아보지도 않고 손만 홰—홰 내저었다.

"그럼, 은단(향기로운 맛과 시원한 느낌이 나는 작은 알약)이라도 드릴까요?"

나는 비로소 뒤를 돌아보았다. 하—젊은 여자다. 그것도 눈에 착 들어오는 미인.

하지만 그 순간에 미인이 무슨 대수리요.

나는 고개를 다시 돌리면서 괜찮다고 거절했다.

"돌아서서 은단을 먹으면 한결 나아요."

내심 귀찮았다. 그래서 이번에는 아예 손을 크게 내저었다. 그랬더니 등 뒤에서 호호호 하며 웃는 소리가 들려왔다.

"학생이 아주 고집불통이네! 누군들 귀찮게 하고 싶나……"

하고 악의 없이 중얼거렸다.

"그렇다고 텅 빈 위를 토해낼 수야……"

호의는 둘째 치고 정말 짜증이 났다. 그렇다고 화를 낼 수도 없어 어색하게 웃고 말았다. 그러자 그녀 역시 미안한 듯 따라 웃었다. 그리고 내게 은단을 건넨 후 자신의 찻잔에다 차를 따라주는 등 퍽 곰살갑게 굴었다. 그러면서 뱃멀미가 무서워 점심도 조금만 먹고, 저녁은 아예 먹지 않았다는 말을 듣고 뭐가 우스운지 깔깔거리며 웃었다.

잠시 후 그녀는 내게 밥을 굶으면 멀미가 더 심해진다며, 다음에는 적당히 밥을 먹은 후 배를 타기 삼십 분 전에 수면제를 먹으면 배에 오른 후 바로 잠이 들 수 있다고 가르쳐 주었다.

갑자기 그 여자의 정체가 궁금했다. 하지만 그때 내가 가진 지식으로는 도저히 그것을 알아낼 방법이 없었다. 그도 그럴 것이 그때 내가 가진 여인에 대한 지식은 거의 제로에 가까웠다.

지금 생각해보니 소위 풋내기는 아니었던 듯싶다. 그렇다고 해서 유독 내게만 친절을 베푼 것도 아니다.

얼굴 역시 빼어난 미인은 아니었다. 하지만 개성 있는 얼굴을 좋아하는 내게는 퍽 끌리는 면이 있었다. 동글동글한 얼굴에 볼이 도드라져 귀여성이 있었고, 눈은 둥글고 컸다. 하지만 얼굴 한쪽에 음영이 져 있는 것이 마치 비극의 여주인공 같았다.

이름은 '후미에'였다. 나이는 스물을 갓 넘어 스물둘 아니면 스물셋쯤 되었을 것이다.

그렇게 해서 후미에의 뜻하지 않은 호의 속에 7~8시간을 보낸 후 나는 이튿날 아침 부산에 도착해 기차로 바꿔 타게 되었다. 그러자 심하게 앓던 학질이 떨어져 나가기라도 한 듯이 속이 시원해졌다.

후미에 역시 배에서 내려 기차로 갈아탔다. 그것도 내 맞은편에. 여기서부터는 지리적으로 보나, 지난밤에 신세를 진 것으로 보나 내가 대접할 차례였다. 나는 그녀가 섭섭하지 않게 최선을 다했다.

삼랑진쯤 왔을 때였다.

"대전에 몇 시쯤 도착해요?"

그녀가 나를 향해 물었다.

그러고 보니 우리는 대전역에서 헤어져야 했다. 나는 그곳에서 호남선을 갈아타야 했고, 그녀는 하얼빈까지 그대로 가야 했기 때문이다.

"오후 한 시쯤 도착할 것 같습니다."

그러자 한동안 조용히 있더니,

"중간에 어디 온천 없어요?"하고 물었다.

"온천? 온천에 가시게요?"

"아니, 글쎄……."

"진작 말씀하지 그랬어요. 부산에 동래온천이 있었는데!"

"저런!"

그녀가 매우 애석해 했다.

"그건 지나갔으니 할 수 없고, 앞으로는 어디 있어요?"

"대전에서 자동차로 한 삼십 분쯤 가면 유성온천이 있는데……"

"대전에요?"

그 다음 말을 더하기도 전에 그녀가 뭐가 그리 기쁜지 상기된 표정으로 물었다.

"네."

"조용한가요? 또 시설은 어때요?"

"가 보지는 못했지만 좋다고 하더군요."

기차가 대전역에 거의 도착했을 즈음, 나는 짐을 챙기기 시작했다. 그녀는 그런 내 모습을 유심히 지켜보고 있었다.

그러다가 내게 묻기라도 하듯 이렇게 말했다.

"저, 나는 몸이 피곤하고 또 앞으로 며칠을 더 차를 타야 해서 그 유성온천이라는 곳에서 하룻밤 쉬어 가고 싶은데……"

"아, 그러세요. 그럼, 그렇게 하시지요."

"그럼, 당신은?"

그제야 나는 비로소 눈치를 챘다. 하지만 마음이 내키지 않았다. 오히려 무서운 생각이 앞섰다. 말하자면 아직 깨어나지 못한 어린 물붕어의 비애랄까.

내가 뭐라고 대답해야 좋을지 몰라 얼굴이 벌게진 채 어물어물하고 있으니 그녀가 다시 말을 건넸다.

"하지만 나 혼자서야 무슨 재미로……"

나는 고향에서 급한 전보를 받고 부랴부랴 가는 길이기 때문에 조금도 지체할 수 없다는 핑계를 대고 말았다. 그리고 그녀의 유혹으로부터 황급히 도망치고 말았다. 하지만 그녀는 대전역에서 내가 사다 주는 과일과 도시락을 차창으로 넘겨받으면서도 조금도 노여워하지 않고 여전히 곰살갑게 작별인사를 건넸다.

나는 기차가 멀리 사라질 때까지 그 자리에 우두커니 서 있었다. 그리고 뒤돌아서서 나도 모르게 한숨을 내쉬었다.

—1936년 6월 《조광》

교섭 없던 그림자

___ 현진건

"잊을 수 없는 여인!"

제목이 실없이 나를 괴롭게 하였다. 몇 마디 적기는 적어야겠는데 대관절 내게 그런 여인이 있었던가. 녹주홍등(綠酒紅燈, 붉은 등불과 푸른 술이라는 뜻으로 홍등가를 뜻함)의 거리에서 손끝에 스치는 가는 버들이 있을 법하건만 그것은 기어이 오른 알코올의 거품으로 인해 가뭇없이 사라졌다.

나는 기억의 사막을 거닐어 보았다. 한 송이 어여쁜 꽃을 찾아보려고, 한 줄기 그윽한 향기를 맡아보려고. 그러나 내게 그런 아름다운 행복이 있을 리 없다. 잿빛 안개가 겹겹으로 싸인 사막은 쓸쓸하게 가로누웠을 뿐이다. 빛깔도 없고, 윤기도 없는 지난 세월의 감정을 돌아보매, 말할 수 없는 비애가 가슴을 짓누른다.

"여하일소년 홀홀이삼십(如何一少年忽忽已三十)."

어린 시절 읽었던 《음빙실문집(飮氷室文集, 중국 근대 사상가 양계초가 쓴 책)》에 나오는 말이다.

인생 30이면 소위 청춘의 햇발은 젊은 것이 아닌가. 어둑어둑해져 오는 청춘의 황혼에서 못 잊는 정영(情影, 사랑하는 사람) 하나 감추지 못한 과거의 고개를 기울이며 지우는 한숨을 누가 감상적이라고 웃을 것인가! 그러나 긴 말은 그만두자.

오랜만에 감상에 젖은 것도 그 덕분이라고 할까. 이에 물에 빠진 사람이 지푸라기 하나라도 부여잡는 격으로 나 역시 쓸쓸한 과거 감정의 사막에서 어설픈 그림자 하나를 잡아내기는 했다. 그것은 봄 아지랑이보다도 덧없고 희미한 영상에 지나지 않지만, 평생 잊을 수 없는 여인임이 틀림없다.

그 그림자는 칠팔 년 전 길거리에서 두어 번 지나친 어떤 부인의 모습과 매우 비슷하다. 한데 이상하다면 이상한 일이다. 건망증이라면 둘째 가라면 서러워할 나다. 이에 몇 번 봤던 사람도 하루 이틀만 지나면 씻은 듯이 잊어버리는데, 길가에서 지나친 것밖에 아무런 인연이 없는 그 부인을 칠팔 년이 지난 오늘 '잊을 수 없는 여인'으로 떠올리는 건 왜일까. 정말 모를 일이다.

그러고 보니 부인의 얼굴이 점점 더 뚜렷해진다. 가늘고 긴 눈썹 ― 이른바 원산미(遠山眉, 파랗게 그린 먼 산 같은 눈썹이라는 뜻으로, 미인의 눈썹을 이르는 말) ―수정같이 맑으면서도 적잖이 붉은 광채가 도는 눈, 작지만 예쁘게 선 콧대, 새빨간 채송화 잎처럼 붉고 작은 입, 수심을 띤 듯 하얀 얼굴빛……

머리에는 조바위(추울 때 여자가 머리에 쓰는 물건)를 썼든가 쓰지 않았든가, 발에는 분명히 운혜(雲鞋, 조선시대 사대부가의 여자들이 신던 가죽신)를 신었다. 거기에 깨끗한 옥양목 두루마기를 입었는데 홀쭉한 키와 작고 하얀 얼굴이 두말없이 어울렸다. 조그마한 손에는 옥판(벼룻집에 따위에 붙이는 옥 조각) 선지(宣紙, 동양화 그림 등에 쓰이는 종이)의 축(軸, 둘둘 말게 되어 있는 물건의 가운데 끼는 막대)이 항상 들려 있었다. 서화(書畵, 글씨와 그림을 아울러 이르는 말) 공부를 다니는 어느 심규(深閨, 여자가 거처하는 깊이 들어 있는 방)의 부인이리라.

그 걸음걸이야말로 더욱 선명하게 눈앞에 나타난다. 길바닥이 솜처럼 그 발에 스치는 대로 ― 그렇다. 그녀는 땅을 밟지 않았다. 다만, 곱고, 가볍게, 부드럽게 스쳤을 뿐이다. ― 폭신폭신하게 들어가는 듯했다. 흐느적흐느적 화원에 넘나드는 나비의 모습이 과연 그럴까. 구름 위를 걸어가는 선녀의 걸음이 그럴까. 한아(閒雅, 한가롭고 품위가 있음), 전려(典麗, 식에 맞고 아름다움), 균제(均齊, 균형이 잡혀 잘 어울림)의 아름다운 동양적 미가 그의 온몸에 사향(麝香)처럼 피어올랐다. 하지만 이런 것을 적어서 대체 뭘 하잔 말인가. 여기서 그녀의 아름다움을 예찬한들 무엇에 쓸 것이냔 말이다. 두어 번 내 안계(眼界, 눈)를 스쳤을 뿐이고, 그것도 이미 칠팔 년 전 일이거늘.

또 이름도 모르는 그녀를 두고 뇌이고 또 뇌인들 무슨 소용이 있으랴. 속절없는 노릇 아닌가. 그런데 그녀가 나의 유일한 '잊을 수 없는 여인' 노릇을 할 줄이야! 그녀 역시 꿈에도 몰랐으리라. 그런데 이 글을 적는 내 마음은 왜 이리도 쓸쓸하단 말인가.

― 1928년 2월 《별건곤》

무하록

__김상용

__**부성애**(父性愛)

사치와 일락(逸樂, 편안히 놀기를 즐김)의 거리, 사치스럽고 화려한 돈의 잔치가 밤낮으로 벌어진다. 상 가득 산해진미가 차려졌건만 오히려 젓가락 옮길 곳이 없다. 그런 곳에 비하면, 지금 내가 앉아 있는 이곳은 너무도 질박하다. 실리적이라고나 할까. 출입문 유리창에 붙어 있는 '설렁탕' 석 자가 이 집의 존재의 의의를 말해주고 있을 뿐이다.

커다란 무쇠 가마에서는 소 다리를 삶는 김이 무럭무럭 피어오른다. 구수한 냄새가 코를 자극한다. 그렇다면 뚝배기 가득 따뜻한 국밥으로 뱃가죽의 주름을 펴면 그만 아닌가.

나는 우선 모자와 윗옷이 없어도 출입을 허락하는 이 집의 관용에 감사한다. 흙 묻은 마룻바닥, 질 소래기(진흙으로 만든 밑이 납작하고 깊이가 약간 있는 그릇), **채반**(싸릿개비나 버들가지로 울이 없이 넓적하게 엮어 만든 그릇), **검은 살빛, 땀 냄**
새와 파리……

　체(가루를 곱게 치거나 액체를 받거나 거르는 데 쓰는 기구) 장수 부부가 지고 들고 있
던 물건을 문 앞에 내려놓고 들어왔다. 분명 그들의 자녀일 두 어린 것이
뒤따라 들어와 내 앞에 자리를 정한 후 한편에 두 명씩 마주 앉는다.

　"설렁탕, 한 그릇만 주세요."

　남편 되는 사람이 종업원을 향해 공손하게 말했다.

　잠시 후 종업원은 설렁탕 한 그릇과 김치를 그들 앞에 내려놓았다.

　"미안하지만, 숟가락 두 개만 더 주세요."

　이번에도 남편 되는 사람이 종업원을 향해 공손하게 말했다.

　종업원은 여전히 이렇다저렇다 말없이 숟가락 두 개를 가져다가 설렁
탕 그릇에 넣어준다. 그러자 아내 되는 여자와 두 아이가 숟가락을 들었
고, 여자는 소금과 파를 이용해 간을 맞추었다. 그러고는 남자를 향해 숟
가락을 내밀며 말했다.

　"자—잡숴보세요."

　"난 됐소. 속이 좋지 않아서 못 먹겠으니, 당신과 애들이나 먹으시오."

　"그러지 말고 좀 잡숴 보세요. 뭘 드셨다고 속이 안 좋다고 그래요?"

　"허 참, 먹은 것이 없어도 속이 안 좋다니까 그러는구려. 난 담배나 피
울 테니, 어서 먹어요. 아이들이 배고파하잖소."

　결국, 아내는 두 어린 것과 함께 설렁탕을 먹기 시작했다. 하지만 두 어
린 것이 밥을 뜰 때마다 숟가락 위에 김치를 놓아주고, 고기를 골라 똑같

이 나눠주느라 바빴다. 그러다 보니 밥 먹을 틈이 없었다. 한 수저 떴다고 해도 그 안에는 약간의 국물만 있을 뿐이었다. 그동안 남편은 몇 개의 담배꽁초를 부숴 곰방대에 채워 넣은 후 한 모금 빨며 세 사람을 쳐다본다. 하얀 담배 연기가 그의 얼굴을 스치며 거미줄 낀 천장을 향해 피어올랐다.

— **1938년 8월 24일 〈동아일보〉**

* 김상용은 일본 릿쿄대학에서 영문학을 전공한 후 모교인 보성고와 연희전문학교, 이화여자전문학교 등에서 영문학을 강의하기도 했다. 놀라운 것은 한국전쟁 당시 그가 영어를 잘한다는 이유만으로 미 군정에 의해 강원도지사로 임명되었다는 것이다. 그러나 복잡한 일에 얽매이는 걸 싫어했던 탓에 며칠 만에 사임하고 다시 학교로 복귀했다.

〈무하록〉은 그의 또 다른 별칭인 '무하(無何)'에서 따온 것으로 1938년 8월 19일부터 8월 25일까지 6일에 걸쳐 총 6가지의 이야기를 《동아일보》에 연재하였다. 모두가 우리 주변에서 일어나는 가난한 서민들의 이야기로 읽는 이의 눈물샘을 자극한다.

크리스마스와 여자

__박인환

크리스마스라고 하지 않아도 여자……라고 생각할 때면 나는 눈 내리는 시베리아 들판으로 유형(流刑, 유배)되는 카추샤(톨스토이의《부활》에 나오는 인물)를 생각한다.

또 눈이 내린다. 내 가슴에 가볍게 눈이 내린다. 그러면 나는 자연스럽게 크리스마스를 떠올린다. 사실 나와 크리스마스와 여자는 웬일인지 인연이 깊은 것만 같은 지나친 나의 리리시즘(Lyricism, 예술적 표현의 서정성) 정신이라고 해야만 되겠다.

겨울날, 밖에는 눈바람이 쌩쌩 부는데, 따스한 방 안에서 처음 만나는 여자와 손이라도 잡고 시인 '구르몽'의 시몬의 이야기라도 하고 싶다. 그리고 이야기가 멈출 때 양주라도 한 잔 마시며 창밖 풍경을 내다보는 것도 정서적일지 모르나, 요즘과 같은 준열(峻烈, 매우 엄하고 무서움)한 시대에는 이런 낭만도 있을 성싶지 않다.

　겨울은 외로운 계절이다. 무척 마음을 상하게 하는 밤이 이어진다. 그럴 때 여자를 만나 크리스마스이브 종소리를 들으면 잠들지도 못하고, 그러면서도 고요한 거리…… 반드시 눈이 내려야 하는 거리를 걷는다면 얼마나 좋을 것인가.

　공상이나 잡념은 그만두고 좀 더 절실한 이야기를 하고 싶다. 아무리 마음속으로 크리스마스와 여자에 관한 달콤한 얘기를 해봤자 기분이 아우러지지(여럿이 조화되어 한 덩어리나 한 판을 이루게 됨)는 못할 것이다.

　지금으로부터 ×년 전, 그곳은 부산이었다. 부산의 크리스마스이브는 눈이 오지 않았다. 이것부터가 웃기다. 내가 일을 보고 있었던 회사는 가톨릭계였기 때문에 나를 뺀 직원 대부분이 초저녁부터 성당에 갔다. 나는 혼자 이 집 저 집 아는 주점을 찾아다니며 술을 마시고, 혹시 산타클로스 할아버지를 만나면 용돈이라도 좀 달라고 하고 싶은 심정이었다.

　밤은 깊어졌다. 교회 앞을 지날 때 요란스럽게, 그러면서도 부드러운 찬송가가 들린다. 마치 술 취한 나를 비웃기라도 하듯이…….

　골목길을 지나 막 다음 골목으로 빠지려고 할 때였다. 한 소녀가 울고 있었다. 보통 때 같으면 물어볼 필요도 없었지만, 술의 힘을 빌려, 나는 소녀에게 왜 우는지 물었다. 아버지가 돌아가셨다는 것이다.

　크리스마스 날 밤의 죽음! 나는 술이 확 깼다. 집이라고는 말뿐! 판잣집 속 희미한 등불 아래서 아이의 어머니 역시 흐느껴 울고 있었다. 나는 주머니 속에 있던 돈을 모조리 꺼내어 조위금으로 털어 버렸다. 소녀의 아버지가 무엇을 하던 사람인지, 소녀의 이름이 무엇인지 알 필요도 없었다. 나는 그들이 거절하는 것을 뿌리치고 산타클로스 할아버지 역할을 했을 따름이다.

세월이 갔다. 벌써 4~5년은 되는 것 같다. 그 소녀는 성숙했을 것이며, 또한 미인이 되었을 것이다. 지금까지, 솔직히 말하면 이런 제목으로 글을 쓰라고 청탁을 받기 전까지 그 일을, 또 소녀를 조금도 생각하지 않았다. 실상 잊어버렸다고 해야 할 것이다.

크리스마스와 여인 하면 신비스럽고, 아기자기하고, 흐뭇한 이야기가 있을 것 같아 이런 제목이 주어졌을 것이다. 그러나 막상 크리스마스와 여인을 관련해서 생각해보려니 역시 구미를 돋울 만한 이야기는 나오지 않는다. 그저 잊어버린 기억에서 몇 해 전, 산타클로스 할아버지였던 기억이 가물가물 떠오르는 것밖에. 그밖에는 별다른 여인도, 추억도 떠오르지 않는다. 하지만 그것만으로도 나는 좋다. 크리스마스 날 밤, 아버지를 여의고 흐느꼈던 그 낯모르는 소녀의 애처롭던 모습을 생각해내는 것만으로도 매우 흡족하기 때문이다.

올겨울 크리스마스에는 눈이 왔으면 한다. 하지만 그런다고 해도 그다지 흥취는 일어나지 않을 것이다. 좀 심이 퍼져 집에 양주나 몇 병 사다 놓고 좋은 친구와 술을 나눌 때 그때 소녀가 아니, 지금은 성장한 여자가 되어 점잖고 출중한 청년과 함께 크리스마스 날 밤에 작고한 아버지 이야기를 하며 걸어가는 것을 들창으로 바라보았으면 좋겠다. 이것은 나의 지나친 환상도 아니며, 가능성 없는 이야기도 아니다.

크리스마스와 여자……. 너무도 즐겁고, 너무도 서러운 이야기가 되고 말았다. 시베리아로 간 카추샤의 청춘의 날과도 같이…….

— 1955년 2월 《신태양》

* 눈이라도 평평 내리는 겨울날, 찻집에 앉아 애잔한 음악과 함께 낭송되곤 했던 박인환의 〈목마와 숙녀〉는 한때 대학가의 낭만을 대표하는 상징이었다. 이에 30~40년 전까지만 해도 찻집마다 〈목마와 숙녀〉를 반복적으로 들려주곤 했다. 그렇게 〈목마와 숙녀〉 당시 젊은이들의 가슴속에 낭만이란 이름으로 깊숙이 자리 잡았다.

강원도 인제의 부유한 집안에서 태어난 박인환은 한때 의사를 꿈꾸며 평양의전에 진학했을 정도로 전도유망한 젊은이였다. 하지만 문학의 꿈을 버리지 못해 결국 의대를 중퇴한 후 서울 종로에 서점 〈마리서사〉를 열며 모더니즘 운동의 중심에 선다. 그는 당대 문인들 가운데 최고의 멋쟁이로도 잘 알려져 있다. 이에 결혼식 역시 당시로써는 획기적이라고 할 수 있는 신식 결혼식을 덕수궁에서 올려 화제가 되었다.

그는 시인 이상을 유난히 좋아했던 것으로 유명했다. 이에 해마다 이상의 기일 즈음이 되면 폭음을 하곤 했다. 1956년 역시 마찬가지였다. 3월 17일을 이상이 사망한 날로 기억해(실제로 이상이 죽은 날은 4월 17일이었음) 그 날부터 술을 마시기 시작한 그는 사흘간 만취한 끝에 20일 귀가한 후 심장마비로 쓰러지고 말았다. 그때 그의 나이 불과 서른한 살이었다.

이 상

현대 문학을 논할 때 결코 빼놓을 수 없는 시인이자, 소설가, 수필가, 모더니즘 운동의 기수. 건축가로
일하면서 수많은 작품을 발표하였으며, 전위적이고 해체적인 글쓰기로 한국 모더니즘 문학사를 개
척하였다. 주요 작품으로 소설 〈날개〉를 비롯해 시 〈거울〉, 〈오감도〉 등 수많은 작품이 있다.

박인환

1946년 시 〈거리〉를 《국제신보》에 발표하며 창작 활동을 시작했다. 암울한 시대의 절망과 실존적 허
무를 피에로의 몸짓으로 대변하며, 모더니즘과 리얼리즘, 실존주의의 시세계를 구축했다. 주요 작품
으로는 〈세월이 가면〉, 〈목마와 숙녀〉 등이 있다.

이광수

한국 근대 정신사 전개과정에서 중요한 역할을 했으며, 최초의 근대 장편소설 《무정》을 썼다. 1919년
'2·8 독립선언서'를 기초하고 상하이로 탈출, 임시정부 기관지인 《독립신문》의 주간으로 활동했지만,
친일 행위로 인해 그 빛이 바래고 말았다. 주요 작품으로 〈흙〉, 〈유정〉, 〈단종애사〉 등이 있다.

김동인

간결하고 현대적 문체로 문장 혁신에 공헌한 소설가. 최초의 문학동인지 《창조》를 발간하였다. 사실
주의적 수법을 사용하였고, 예술지상주의를 표방하며 순수문학 운동을 벌였다. 주요 작품으로 〈배따
라기〉, 〈감자〉, 〈광염 소나타〉 등이 있다.

노자영

《백조》 창간 동인으로서 작품활동을 시작하였고, 잡지 《신인문학》을 창간해 후진 양성에도 힘썼다.
특히 시와 수필에 있어서 소녀적인 센티멘털리즘으로 일관하여 자신의 시에 '수필시'라는 특이한 명
칭을 붙이기도 하였다. 주요 작품으로 시집 《처녀의 화환》을 비롯해 서간집 《나의 화환》 등이 있다.

이효석

근대 한국 순수문학을 대표하는 소설가. 1928년 《조선지광》에 단편 〈도시와 유령〉을 발표하면서 등단
하였다. 한국 단편문학의 전형적인 수작이라고 할 수 있는 〈메밀꽃 필 무렵〉을 썼다. 장편 〈화분〉 등을
통해 성(性) 본능과 개방을 추구한 새로운 작품 및 서구적인 분위기를 풍기는 작품으로 주목받았다.

임 화

시인·문학평론가. 1926년 카프에 가입한 이래 중추적 역할을 하였고 〈개설 신문학사〉를 통해 체계
적인 방법론을 갖춘 근대문학사를 시도하였다. 〈우리 오빠와 화로〉, 〈우산 받은 요코하마〉 등의 시를
발표하였고, 《문학의 논리》라는 평론집을 저술하였다.

김유정

1935년 소설 〈소낙비〉가 《조선일보》 신춘문예에, 〈노다지〉가 《중외일보》에 각각 당선되며 문단에 데뷔하였다. 일제 강점기의 혹독한 현실 속에서 해학을 통해 어둡고 삭막한 농촌 현실과 농민들의 곤궁한 삶을 담은 작품을 다수 남겼다. 〈봄봄〉, 〈금 따는 콩밭〉, 〈동백꽃〉 30편에 가까운 작품을 발표했다.

최서해

신경향파의 대표적 소설가. 몇 명의 엘리트의 눈으로 바라본 일부의 삶이 아닌 실제 체험을 통한 대다수 극빈층의 생활상을 날카롭게 표현해 그들의 울분과 서러움을 적나라하게 드러내고 있다. 이에 그의 문학을 '체험문학', '빈궁문학'이라고 일컫는다. 주요 작품으로 〈탈출기〉, 〈홍염〉 등이 있다.

백신애

1928년 단편 〈나의 어머니〉가 《조선일보》 신춘문예에 당선되면서 문단에 데뷔하였다. 주로 밑바닥 인생의 생활상을 사실주의 수법으로 다루었는데, 1934년 《개벽》에 발표한 〈적빈〉 등이 문단의 주목을 받았다. 주요 작품으로 〈나오〉, 《정현수》 등이 있다.

이태준

근대를 대표하는 단편소설 작가. 특히 단편소설의 서정성을 높여 예술적 완성도와 깊이를 높였다는 평가를 받고 있다. 구인회에 가담하였고, 이화여전 강사와 《조선중앙일보》 학예부장 등을 역임하였다. 주요 작품으로 수필집 《무서록》과 문장론 《문장강화》 및 다수의 소설이 있다.

김남천

카프 해소파의 주도적 역할을 하였고 사회주의 리얼리즘 논쟁에 대해서 러시아의 현실과는 다른 한국의 특수상황에 대한 고찰을 꾀해 모럴론 · 고발문학론 · 관찰문학론 및 발자크 문학연구에까지 이르는 일련의 '리얼리즘론'을 전개하였다. 대표작으로 장편 〈대하〉, 중편 〈맥〉 등이 있다.

이익상

이상적 사회주의를 지향했던 지식인 작가. 《개벽》에 〈예술적 양심을 결여한 우리 문단〉을 발표하며 문필활동을 시작했으며, 카프(KAPF)의 발기인으로 참가했다. 주요 작품으로 〈어촌〉, 〈흙의 세례〉, 〈젊은 교사〉 등이 있다. 《동아일보》 학예부장, 《매일신보》 편집국장과 이사 등을 역임했다.

채만식

민족이 처한 현실을 풍자적이고 해학적으로 표현해 풍자소설의 대가로 불린다. 계급적 관념의 현실 인식 감각과 전래의 구전문학 형식을 오늘에 되살리는 특유한 진술 형식을 창조했다. 주요 작품으로 단편 〈레디메이드 인생〉과 〈태평천하〉를 비롯해 장편 《탁류》 등이 있다.

현진건

김동인, 염상섭과 함께 사실주의적 단편소설의 모형을 확립한 작가로, 사실주의 문학의 개척자로 평가받고 있다. 특히 아이러니한 수법에 의해 현실을 고발하고 역사소설을 통해 민족혼을 표현하고자 했다. 〈빈처〉로 인정받기 시작했으며 〈백조〉, 〈타락자〉, 〈운수 좋은 날〉, 〈불〉 등을 발표하였다.

김상용

《남으로 창을 내겠소》로 잘 알려진 시인. 8 · 15 광복 후 미 군정에 의해 강원도 도지사에 임명되었으나 며칠 만에 사임하고 이화여자대학교 교수로 복귀 후 미국으로 건너가 보스턴대학에서 영문학을 연구하고 돌아왔다. 주요 작품으로 〈그러나 거문고의 줄은 없고나〉, 〈남으로 창을 내겠소〉 등이 있다.

소설가의 사랑

초판 1쇄 인쇄 2017년 5월 4일
초판 1쇄 발행 2017년 5월 12일

엮은이 김현미
발행인 임채성
디자인 산타클로스

펴낸곳 도서출판 루이앤휴잇
주 소 서울시 양천구 목동 923-14 드림타워 제10층 1010호
전 화 070-4121-6304　　　　**팩 스** 02)332-6306
메 일 pacemaker386@gmail.com
블로그 http://blog.naver.com/asra21
포스트 http://post.naver.com/my.nhn?memberNo=6626924

출판등록 2011년 8월 30일(신고번호 제313-2011-244호)

종이책 ISBN 979-11-86273-31-9　　03810
전자책 ISBN 979-11-86273-32-6　　05810